# 심장병동
## 506호실

# 심장병동 506호실

**초판 1쇄 발행** 2022년 3월 25일

**지은이** Sophia P(박윤아)
**펴낸이** 장길수
**펴낸곳** 지식과감성#
**출판등록** 제2012-000081호

**교정** 김우연
**디자인** 정윤솔
**편집** 정윤솔, 정슬기
**검수** 정은지, 이현
**마케팅** 고은빛, 정연우

**주소** 서울시 금천구 벚꽃로298 대륭포스트타워6차 1212호
**전화** 070-4651-3730~4
**팩스** 070-4325-7006
**이메일** ksbookup@naver.com
**홈페이지** www.knsbookup.com

ISBN 979-11-392-0382-0(43810)
값 13,000원

- 이 책의 판권은 지은이에게 있습니다.
- 이 책 내용의 전부 또는 일부를 재사용하려면 반드시 지은이의 서면 동의를 받아야 합니다.
- 이 책의 본문은 넥슨Lv2고딕 글꼴이 적용되어 있습니다.
- 잘못된 책은 구입하신 곳에서 바꾸어 드립니다.

지식과감성#
홈페이지 바로가기

# 심장병동
## 506호실

Sophia P (박윤아) 소설

**우리는 누구나 자기 자신이 가장 힘들다고 생각한다.
하지만 지나고 보면 아무 일도 아니다.**

청소년기에는 누구나 자신만의 세상을 만들며 그 세상의 주인공이 된 듯 살아가지만 알고 보면 세상의 주인공은 내가 아니며 우리는 함께 살아가고 있다는 것을 깨닫게 된다. 나의 이 글이 아픔을 겪는 청소년 친구들에게 공감되기를 바라며 함께 이겨내는 힘이 되기를 바란다.

## 목차

01. 난 17살 허안지      7
02. 수술하기 싫어요!      19
03. 헤어졌다      29
04. 그냥 도망치고 싶었다      39
05. 수술해야 할까?      49
06. 어느 우울한 가족      59
07. 수술을 결정하다      67
08. 드디어 수술하는 날      77
09. 엄마의 편지      87
10. 수술이 끝나고      93
11. 수술 다음 날 아침      103
12. 빠른 회복      113
13. 가스 때문에 기뻤던 날      123
14. 악마의 눈물이 내리던 날      133
15. 새로운 시작      145

• 01 •
# 난 17살 허안지

며칠 동안 몸이 너무 좋질 않았다. 어지러운 데다 걸을 수도 없을 정도로 기운이 너무 없어서 학교도 가지 못했다. 원래부터 약하게 태어난 몸인지라 이럴 때마다 엄마는 걱정이 이만저만이 아니시다.

부정맥…… 서맥…… 심방 심실 협착증…… 나의 선천적인 결함들이다. 난 선천적으로 심장이 좋질 않다. 보통 사람이 80회의 맥을 뛴다면 난 40회밖에 안 뛴다. 많이 뛰어봤자 58회가 최대이다. 그것뿐이면 좋은데 우습게도 나의 심장은 남들 것처럼 박자에 맞추어 뛰질 않는다. 심전도를 찍어보면 항상 뒤죽박죽이라 모르는 사람이 봐도 알 수 있을 정도이다.

"안지야, 안 되겠다. 응급실이라도 가보자. 이렇게 너 학교 안 간 지가 벌써 사흘이야. 쉬면 낫겠지, 낫겠지 했는데…… 엄마랑 병원에 가자. 응?"

"괜찮아 엄마……. 그렇다고 병원 가서 뭘 어떻게 해. 약을 주는 것도 아니고 치료를 해주는 것도 아니잖아……."

엄마는 순간 말이 없으시다. 그렇다. 사실 내 병은 고칠 수 있는 게 아니다. 병이라기보다 선천적인 결함이라 약이나 다른 어떤 것으로도 치료가 불가능하다. 단지 방법이라곤 수술을 통해 심장의 역할을 조금 도와주는 것뿐이다.

"그럼 어떻게 하니. 엄마가 도저히 못 보겠어서 그런다. 그렇게 계속 기운 없다가 잘못되기라도 하면 어떻게 하니. 얼른 병원 가보자. 응? 안 지야. 걸을 수 있겠니?"

"응……. 엄마 나 힘이 없어……."

"아래층 아저씨께 부탁해야겠다. 얼른 가자."

그날 저녁, 난 아래층 봉고 차 아줌마, 아저씨의 도움으로 서울대학병원 응급실로 후송되었다. 도착하자마자 급히 심전도를 찍고 심초음파를 찍었다. 결과는…… 우습게도 몇 년 전보다 상태가 더 나빠졌다는 것이었다. 결국 담당의인 노 교수님이 응급 호출되셨다.

"입원하셔야 할 것 같습니다. 되도록이면…… 수술을 하시지요."

"선생님, 정말 수술밖에는 길이 없습니까?"

"현재로서는…… 그것밖에는 길이 없습니다. 뭐, 앞으로 의학이 더 발달되면 모를까……. 어떤 수술인지는 지난번에 설명 들으셨지요?"

"예……. 기계를…… 넣어야 한다고……."

"안지도 이젠 다 커서 이해할 수 있을 겁니다. 벌써 고등학생인걸요. 앞으로는 더욱 힘들어집니다. 지금까지 별 탈 없이 커온 걸 다행이라고 생각해야 합니다. 이대로 가다간, 언제 어디서 쓰러질지 모르는 상황입니다. 그땐 저희도 어찌할 도리가 없어요……."

엄마와 노 교수님이 면담을 나누고 계실 즈음, 나는 갑작스러운 입원에 옷도 다 못 갈아입은 채로 침대에 누워 링거를 맞고 있었다. 무엇 때문인지 심장이 너무 세게 빨리 뛰어서 죽을 것만 같았다. 도저히 몸을 움직일 수가 없었다. 혈압을 재러 온 간호사 언니가 나의 울상인 얼굴을 보고 딱하다는 듯 미소를 지었다.

"링거 때문에 그럴 거야. 아까 응급실에서 모니터링했을 때 맥박이 41회여서 노 교수님이 60회 이상으로 올려놓으라고 하셨거든."

"하아…… 너무 힘들어요. 목 쪽이 막 울리고…… 귀에서도 심장 소리가 들리고…… 머리에도 핏줄이 서고…… 지금 몇 회 뛰고 있어요?"

"지금…… 68회."

"거의 두 배잖아요! 힘들어서 못 견디겠어요! 하아…… 이것 좀 어떻게 뺄 수 없을까요?"

"미안. 내가 의사가 아니라 조절할 권한이 없단다. 그리고 지금 뛰는 맥박이 보통 사람들의 정상적인 맥박이야. 네가 너무 오랫동안 적은 횟수의 맥박을 가지고 살아왔기 때문에 적응이 되지 않아 힘이 든 거란다."

"이거 언제까지 맞아야 해요? 네?"

"모르겠다……. 내일 아침 교수님이 직접 오셔서 말씀하실 거야."

그날 밤은…… 정말 악몽 같은 시간이었다. 살인적인 맥박과 심장의 고동에 잠 한숨도 못 자고 꼬박 밤을 새워버렸다. 게다가 2시간마다 간호사가 혈압과 체온을 재러 오는 통에 완전히 난 녹초가 되었다. 아침이 되자 급하게 수축 팽창을 했던 혈관들이 여기저기 쑤시기 시작했다. 특히 목 주변의 혈관들이 귓가까지 울려서는 몸은 하나 움직이지 않았는데도 심하게 운동을 한 기분이었다.

"잠 하나도 못 잔 모양이구나……? 조금만 참아라, 이따가 교수님 오시면 말씀드릴 테니……."

간병인 침대에서 새우잠을 주무셨을 엄마가 걱정스러운 눈초리로 날 바라보신다. 초등학교 5학년 때의 일이 슬며시 떠오른다. 수영장에서 신나게 수영을 하던 나는 그만 물속에서 그대로 정신을 잃고 말았다. 실로 아찔했던 순간이었다. 만약 그 풀장의 코치님께서 건져주시지 않았다면 난 많은 물을 마시고 거기서 삶을 마감했을지도 모르는 일이었다. 그다음 날 찾은 동네병원에서는 큰 병원에 가볼 것을 권했고, 서울대학병원에서 받은 진단으로 지금의 심장질환을 알게 되었다.

복도 쪽에서 구두 굽 소리가 요란하게 들려왔다. 노 교수님이셨다. 역시 또 레지던트들이 교수님의 뒤에서 줄줄이 따라오신다. 언제나 교수님의 뒤엔 많은 레지던트가 따라다니기 때문에 얼마나 직책 높으신 분인지를 한눈에 알 수 있었다. 하지만 외모는 구질구질한 동네 할아버지 같아서 의사와는 그리 어울리지 않아 보였다.

"어떠냐. 잠은 잘 잤니?"

노 교수님…… '노'라는 성이 너무도 잘 어울리시는 분이시다. '노인 노' 자가 연상이 되는. 백발에 동그란 은테 안경. 그리고 약간은 골골거리는 목소리는 정말 할아버지 그 자체였다. 오늘도 평소와 같이 회색 구겨진 와이셔츠에 불뚝 나온 배를 허리띠로 동여매고 구질구질한 모습으로 환자를 돌보러 나오신 모양이었다. 언제나 말도 다정스럽게 하시고 마음도 넓으신 듯하지만, 어릴 적 무서워했던 망태 할아버지가 생각나는 것은 그런 노 교수님의 단정치 않은 모습 때문이었다. 그래서인지 난 노 교수님이 진찰을 하고 가시면 이유도 없이 병원이란 곳을 빨리 떠나고 싶다는 생각이 들었다.

아무튼 난, 때는 이때다 싶어 그나마 움직일 수 있는 혀와 입을 재잘

대며,

"맥이 너무 빠르게 뛰고 세게 뛰어서 잘 수가 없었어요. 너무 쿵쾅거려요. 밤새도록 이래가지고 목 쪽 혈관이 땡겨요. 정말 온몸이 힘이 없어요……."

"흠…… 적응이 안 되어서 힘들 거야. 그럼 투약을 반으로 줄이도록 하지."

링거의 레버를 조이고…… 그제야 난 졸음이 오기 시작했다. 온몸의 힘이 쭉 빠졌다. 정신도 몸도 몽롱했다. 도저히 손끝 하나 움직일 힘조차 없다. 그냥 그대로 눈을 감아버렸다. 마취를 해도 소리는 들린다는 말처럼 끝까지 남는 감각 기관이 귀인지라, 잠결에도 노 교수님의 말소리는 계속해서 들린다.

"아직도 수술하기 싫으냐?"

"……."

"너도 이제 다 컸을 텐데…… 알지? 앞으로는 지금 네가 온 길보다 더 힘들다는걸……."

"……."

"하하. 안지야. 그 수술은 아주 간단한 거야. 그냥 이렇게 동그랗고 납작한 거 배 속에 넣고 꿰매면 끝이야. 여기 이만큼만 찢고 넣으면 된단다."

"배터리 갈아야 하잖아요."

"한 5~6년인데 그 정도야 참을 수 있지 않니. 그리고 처음만 자리 잘 잡혀서 넣어두면 약 가는 건 더 쉽단다. 그냥 조금 째고 넣으면 끝이야. 어려운 수술이 절대 아니란다."

역시…… 소아과 심장 전문 교수답게 천천히 달래시며 설명하신다. 하지만 말해 무엇 하랴. 누가 기계를 배 속에 넣는 것을 좋아하며, 누가 5년마다 수술하는 것을 좋아하겠는가. 그리고 나는 이제 사춘기에 막 접어든 청소년이다. 예뻐지는 것에 민감할 나이인데 몸에 보기 흉한 흉터라니…… 수술은 내겐 절망 그 자체였다.

"엄마가 안지 좀 설득시켜보세요. 안 그러면 더 위험해집니다."

노 교수님은 엄마에게 당부 같은 말을 하시고는 유유히 의사들을 이끌고 사라지셨다. 엄마는 침울한 표정으로 뭔가 물어보시려는 듯 교수님이 사라진 복도 쪽으로 천천히 걸어가셨다. 간밤엔 정신이 없어 병실 안을 살펴볼 경황이 없었는데 그제야 지친 고개를 돌려 병실 안을 살펴보았다.

5인실 병동…… 서울대병원에는 어린이 병동이 따로 있어서 여기 입원한 아이들 모두가 어린아기들이다. 그리고 또 5층에 심장병동이 따로 있어서 여기 아이들은 다 심장에 관계된 질환을 앓고 있다. 내 앞쪽 침대의 아기가 괴로운 숨소리를 내며 칭얼댄다. 수술을 했는지 가래가 끓어 크게 울지도 못한다. 흐헤 흐헤 우는 아기를 안고 아기 엄마가 등을 퍽퍽 소리가 나도록 때린다.

"저기…… 아기 안 아플까요?"

"아 네, 수술하고 나서는 가래가 있어서 등을 이렇게 두드려줘야 해요. 안 그러면 숨을 못 쉬기 때문에…… 어른들은 뱉어낼 수 있지만 아기들은 어려서 그러질 못하거든요. 그래서 아예 울려버리거나 두드려줘야 해요. 근데…… 고등학생이세요?"

"네. 근데 전에 이 병동에서 진찰을 받았었거든요. 그래서 응급으로 들어와서 내과로 옮기질 못했어요. 아 참, 죄송해요. 전 아기를 왜 그렇게 무지막지하게 때리시나 하고……."

"네……. 모르는 사람들은 다들 그렇게 물어요. 여기 아기 엄마들 다 그런 말 한두 번씩은 듣는답니다. 그런 말 들으면 속상해요."

아기 엄마가 수줍게 웃는다. 긴 갈색 머리를 뒤로 동여매었다. 꼭 아가씨 같은데…… 아기는 이제 막 한 달이 지났단다. 젊은 엄마가 참 고생이구나 싶었다. 손바닥만 한 아기가 숨이 할딱거리는 것을 보고 있으니 정말 가슴이 아팠다. 서울대학병원은 웬만해선 입원할 수 없는 병원이다. 모두 지방에서 올라오거나 대수술을 받아야 하는 아기들만 입원할 수 있었다. 역시나 옆 침대의 엄마도 아기의 등을 소리가 나도록 퍽퍽 때리고 있다.

"어머, 석영이 벌써 일어났네? 오늘 석영이 퇴원이에요."

간호사 언니가 들어와서는 호들갑을 떤다. 옆 침대의 아기는 한 살 정도 되어 보인다. 이름이 석영이인가 보다. 꼭 여자아이같이 눈이 똘망똘망한 게 정말 예쁘게도 생겼다. 아이는 엄마를 닮은 것 같다. 엄마의 눈도 동글동글한 게 귀엽게 생겼다. 이제 다신 못 보겠네…….

"퇴원하신다고요? 축하해요."

"네, 감사해요. 어제 잠도 못 주무신 것 같던데, 빨리 낫길 빌게요."

"아기 어디 아파요? 수술했어요?"

"심장에 구멍이 났데요. 그리고 심방이 막혀 있어서 구멍 메우는 수술이랑 핏줄 연결하는 수술 받았어요."

"어머, 이렇게 쪼그만 아이가…… 얼마나 아팠을까…….."

"괜찮아요. 우리 석영이 잘 참았어요. 이제 건강해질 텐데요. 이만해서 다행이지요."

아기가 참 예뻤다. 저런 아기가 수술을 잘 참고 견디었다니 다행이구나. 엄마도 기뻐 보였다. 퇴원이라니…… 이젠 건강해지겠구나 하고 생각을 하니 나도 기뻤다. 짐을 꾸리는 아기 엄마의 모습을 보니 한 번밖에 안 본 아기이지만, 말도 못 하는 아기이지만 서운했다. 이제 내 옆자리엔 어떤 아이가 어디가 아파서 오게 될까.

• 02 •

# 수술하기 싫어요!

아침밥이 나왔다. 별로 먹고 싶지 않았다. 어제 맞은 링거 때문에 핏줄이 여기저기 욱신거려서 좀 일어나서 돌아다니고 싶었다. 그러나 발을 내딛는 순간 어지러움에 다리가 휘청 꺾이고 말았다. 엄마가 놀라서 나를 가슴에 안았다. 빌어먹을 링거…… 이거나 빼주지. 집에서 아픈 것보다 이게 난 더 힘든데.

"안지야 괜찮니? 어머, 어떻게 해. 여기요! 여기요!"

간호사 언니가 달려왔다. 그러고는 안정을 취하란다. 내가 링거 때문에 그런 것 같다고 하니까 보통 사람들처럼 맥박이 뛰는 거라 이게 정상적인 거라고 했다. 간호사 언니의 말은 친절했지만 왠지 모를 서러움에 눈물이 핑 돌았다. 빌어먹을 링거…… 빌어먹을.

"엄마, 나 집에 가고 싶어. 나 수술도 하기 싫고 여기 있는 것도 싫어."

"안지야 왜 그러니. 네가 어린애도 아니고. 너 이젠 다 컸잖아. 너 이렇게 해서 공부 어떻게 할 거야? 학교나 제대로 다닐 수 있을 것 같아?"

"공부, 공부 하지 마. 까짓것 안 하면 안 돼?"

"너 이러다가 길거리에서 쓰러지면 어떻게 하니!"

"그럼 그냥 죽어버리면 되지!"

"난 안 돼! 너 죽으면 난 안 돼! 엄마는 안 된단 말이야!"

엄마의 눈에 고인 눈물을 보았다. 더 이상 말은 이어지지 않았다. 엄마. 엄마가 울 땐 항상 가슴이 아프다. 강한 모습의 엄마인데. 중학교 교무주임 선생님이신 엄마는 매사에 자신감 넘치고 강한 모습으로 주위의 부러움을 사곤 했다. 나와 내 동생을 키우실 때도 언제나 엄한 모습으로 대하곤 하셔서 엄마를 생각하면 호랑이가 떠오를 정도였다. 그런 엄마가 눈물을 보이실 때면 난 아무것도 할 수가 없다. 눈물을 보이기 싫어하시는 엄마. 엄마의 눈에서 눈물이 떨어지면, 특히 그 이유가 나 때문이면 죄송해서 어디론가 도망가버리고 싶다.

천천히 생각했다. 내가 수술을 해야 하나? 만약 저 아기들처럼 말도 못 하고 판단력도 부모에게 의존해야 하는 상황이라면 난 벌써 수술받았겠지⋯⋯ 하지만 지금, 난 내 의지대로 감정대로 움직이고 있기 때문에 의사 선생님도 부모님도 당장 죽을병이 아니면 해라, 말아라 지시를 내릴 수가 없었다. 결정은 누가 뭐래도 내가 하는 것이다.

난 수술하기 싫다. 왜! 왜 난 이렇게 태어났을까? 내 친구들 다들 건강히 학교 잘 다니고 있는데 왜 나만 이렇게 태어났을까. 내가 해야 하는 수술은 인공 심장 박동기라는 기계를 몸속에 넣는 것이다. 아직 영구적인 동력장치가 개발되지 않았기 때문에 배터리를 갈아주기 위하여 몇 년마다 수술을 해야 한다. 가슴엔 보기 흉한 흉터가 남고, 정말 죽을 때까지 수술을 몇 번을 해야 할지도 모른다. 차라리 지금껏 살던 것처럼 사는 것이 나을 듯싶었다.

하긴…… 내가 학교를 결석한 날을 따져보면 두 달이 넘을 것이다. 수술을 하면 건강해지긴 하겠지만…….

이런저런 생각을 하는데 병실 문 쪽이 소란스럽다. 어떤 이상하게 생긴 아줌마와 아들이었는데 아들은 볼이 빨간 게 귀엽게 생겼다. 그 엄마가 얼마나 소란스러운지 오는 순간부터 병실 사람들의 이목은 그들에게 집중되었다. 목소리도 크고 악센트도 강한 아주머니였다.

"오매 오매, 재범아. 얘가 심에코(심초음파) 땜시로 수면제를 먹고 자더니만 안직도 안 깨나서 이래 비틀거리네. 오매 오매, 어짜쓰까."

아기는 이리 비틀 저리 비틀이다. 엄마는 악센트 강한 발음을 내며 여기저기 소란을 피우며 아기를 붙잡아두려고 안간힘이다. 아기는 술 취한 사람처럼 비틀거리다가 배시시 웃고 또 비틀거리다 배시시 웃고는 침대 다리에 머리를 쾅 박았다.

"오매 오매, 우리 재범이!"

엄마가 달려가서는 얼른 아기를 감싸 쥔다. 아기는 아픈 것도 모르는지 약에 취해서는 계속 배시시 배시시 웃기만 한다. 정말 그 상황 때문에 병실 사람들은 웃음을 멈출 수가 없었다. 아기와 엄마는 내 옆 침대로 자리가 배정되었다. 아기가 약에 취해 웃는 웃음이 귀엽기도 하고 우스워서 지금껏 침울했던 기분이 다 풀려버렸다. 아기. 꼭 누구를 닮았다. 누구지? 뭐 그런 생각이 들 수도 있겠지. 아무튼 내 기분을 풀어주는 네가 고맙구나. 넌 또 어디가 아파서 왔느냐…….

"외할머니께서 오신다는구나."

"외할머니? 그냥 오시지 말라고 해. 내가 무슨 병자야? 나 혼자도 잘 할 수 있어."

"내가 마음이 안 놓여서 그런다. 잔말 말고 시키는 대로 해. 할머니 속썩이지나 말고."

원망스럽다. 이놈의 링거를 오른손에 꽂는 바람에 밥도 왼손으로 먹어야 한다. 링거의 약 기운 때문에 팔과 다리가 치매 걸린 사람처럼 벌벌벌 떨렸다. 이게 뭔가. 차라리 집에서 아픈 게 훨씬 나을 것 같다. 외할머니 오시라지 말라고 마음에도 없는 말을 짖어댔지만, 외할머니 말고는 나를 돌보아줄 사람이 없다는 것을 알고 있었다. 엄마는 학교 일 때문에 바쁘시고 아빠는 요즘 승진으로 인해 여기저기 일도 많으시다. 이런 내 마음을 아시는지 엄마가 머리를 쓰다듬으시며 천천히 물으셨다.

"안지야…… 엄마…… 학교 그만둘까?"

"됐어. 그런 소리 마. 이번만 잘하면 서울시에서 가장 나이 어린 교감 선생님이 된다며."

"엄마가 안지한테 얼마나 미안한지 모른다. 일이 무슨 소용이니. 딸이 아픈데. 옆에서 돌보아주면 좋으련만……."

"나 괜찮으니까 일이나 잘해."

괜히 어제부터 엄마한테 난 심술을 부리고 있다. 다른 때 같으면 그래도 서글서글한 말로 엄마를 대했을 터였지만 나도 모르게 심술이 났다. 엄마도 왜인지는 모르지만 내가 안쓰러워선지 그 퉁명을 다 받아주고 계셨다.

"안지 수술하면 안 될까?"

"안 해."

"그럼 그냥 집에 갈까?"

"가자. 빨리 집에 가자."

"너 어린애 아니잖아. 여기 있는 어린아기들 다 수술했는데 왜 너만 못 하겠다는 건데."

"쟤네들은 수술 한 번으로 끝이잖아! 근데 난 아니잖아! 몇 번을 다시 수술해야 한다잖아! 그리고 기계 넣잖아!"

내가 지르는 소리에 약에 취한 아들과 단잠이 들었던 옆 침대의 악센트 강한 아줌마가 부스스한 머리를 털고는 잠에서 깨어났다. 잠에 덜 깬 게슴츠레한 눈으로 한참 동안 엄마와 나의 실랑이를 지켜보다가

"학상. 왜 수술 안 하겠다는 긴데? 학상 병명이 뭐꼬?"

대답 안 하는 나 대신에 엄마가 대답했다.

"그냥 좀 맥이 느리고 부정맥이 있어서요. '심방심실협착증' 이에요."

"기계 넣어야 한다꼬?"

다시 한참 동안 나를 어리석다는 듯이 쳐다보다가 말을 잇는다.

"학상. 여기 학상이 제일 가벼운 병이라는 거 혹시 아나?"

"……."

"세상엔 수술 한번 해봤으면 하는 사람도 있어."

"전 안 해보고 싶어요."

"그 소리가 아니야. 누가 안 아픈데 수술해보고 싶댔나? 의사가 수술을 안 시켜줘. 도저히 손댈 수가 없다는 기야. 그런 사람은 가망성이 없어도 수술이란 거 한번 받아보기라도 했으면 좋겠다는 기지. 학상은 고칠 수 있는 병 아닌가? 게다가, 몇 시간 걸리는 수술도 아니고 2~3시간 걸린다매? 기계 넣는 것도 쉽다매? 우리 재범이는 벌써 두 번이나 수술을 받았는데 또 수술을 받아야 해. 학상처럼 쉬운 병은 여기선 병 축에도 못 들어."

알고 있었다. 그래서 말을 할 수가 없었다. 여기선 내 병은 병도 아니다. 난 걱정스럽게 생각하고 있지만 사실 이곳에서 하는 수술 중에선 맹장 수술 축에도 못 끼는 수술이었다. 나도 알고 있다. 나보다 더 심하고 정말 위급한 사람도 많다는 것을. 그런데도 나는 우스운 생각을 가지고 있었다. 기계라는 것을 몸속에 지니고 사는 것도 싫었고, 보기 흉한 흉터가 7cm가량 남는 것도 싫었다. 그리고 무엇보다도 몇 년마다 배터리를 갈아야 한다는 것이 끔찍했다.

"학상은 고칠 수 있는 병이라카잖아. 학상이 그라면 부모가 올매나 속을 썩는지 알기나 하나? 우리 재범이는 수술받을 수 있을지 없을지도 지금 모르는 상황이야. 나는 지금 학상 하는 말 들어보네, 거 속이 상해. 답답하단 말이야."

눈물이 나왔다. 차라리 죽어버릴까. 다 맞는 말인데도 수술이 싫었다. 그리고 수술하기 싫은 한 가지 이유가 더 있었다. 남자 친구 때문이었다.

사귄 지 100일을 막 넘기고 한 달이 지났다. 정말 이렇게 좋아해본 사람이 없었을 정도로 난 오빠를 좋아했다. 오빠는 21살 서울대생이었다. 그리고 난 평범한 고1 학생. 오빠는 키도 186에 인물도 훤칠했다. 아는 것도 당연히 많았고. 대학생이라는 사실부터가 내게는 끌리는 것이었다. 참 꿈같고 왕자 같은 사람이었다. 게다가 서울대는 우리나라 최고 명문 대학이 아닌가.

만약 수술한 후에도 오빠가 날 좋아해줄까? 5년마다 수술해야 하는 여자와 어느 누가 결혼하고 싶겠는가? 그리고 몸에 보기 흉한 흉터도 기계도 모두 께름칙한 것이라 나는 고개를 절레절레 흔들 수밖에 없었다.

• 03 •

## 헤어졌다

저녁때 아빠께서 외할머니를 모시고 오셨다. 나는 계속해서 우울했기 때문에 침울한 표정으로 외할머니를 맞았다. 인자한 표정의 뚱뚱한 노인 양반은 걱정스러운 표정으로 내 링거 꽂은 손가락을 만지작거리신다.

"장모님, 피곤하실 텐데 이렇게 모셔서 죄송합니다. 안지 엄마도 저도 요즘 바쁜 상황이라……."

"어이쿠 그런 소리 말어. 내가 남인가? 그래도 내가 아직 몸이 쓸 만하니까 이렇게 와서 있을 수 있는 거지."

"여기 불편하실 텐데……. 저녁때는 들어가서 주무시지요. 안지 엄마가 여기서 잘 테니."

"아니여, 아니여. 놔둬. 뭣 하러 왔다 갔다 성가시게 그려. 어차피 낮에 있을 거면 밤에도 여기 있는 게 낫지. 난 이제부터 여기서 잘 테니 안지 엄마 일이나 열심히 하라고 혀. 그리고 자네도 자네 일이나 열심히 하게. 승진해서 여기저기 바쁠 텐디. 이번에 안지 일은 걱정 말고. 내가 여기 있는데 무슨 걱정을 혀. 전혀 걱정 말오."

나는 솔직히 엄마랑 같이 자고 싶었다. 하지만 외할머니는 여기서 주무실 거란다. 이래저래 엄마랑 있을 때보다 외할머니랑 있는 것이 더 불편할 듯싶었다. 그렇지만 나 때문에 엄마가 학교를 계속 빠질 수도 없는 일이라……

그리고 지금 나는 링거를 오른손에 맞는 바람에 화장실 갈 때도 누군가가 링거병을 들어줘야 하고, 환자복 바지 끈을 혼자 여밀 수도 없고, 밥도 내가 혼자 못 먹어 다른 사람이 먹여줘야 했다. 억울했다. 사실 난 그냥 몸이 조금 아팠던 것뿐이지 이 정도로 환자 같지는 않았는데. 이놈의 링거 때문에 움직이지도 못하고 약 기운에 팔다리가 춤추듯 하니……. 오히려 병원에 온 뒤로 더 환자가 된 것 같았다. 정말 내겐 병원이란 곳은 있을 곳이 못 되었다.

"아빠, 나 핸드폰."

"으응, 여기."

병원에선 핸드폰 사용을 금지하기 때문에 사용할 수 없었지만, 난 이것마저 없으면 병원에서의 생활을 버틸 수 있을 것 같지 않았다. 병실엔 티브이가 있었지만 난 워낙 집에서도 티브이를 별로 보지 않는다. 그렇다고 만화책을 보는 편도 아니라서 친구들은 날 보고 신기한 아이라며 오버액션을 하곤 했다.

두환 오빠한테 문자를 보냈다. 역시 한 1분 지나고 있으니 전화가 왔다. 전문대 학생인 두환 오빠는 같은 동호회로 키가 거의 190cm 정도 되는 말라비틀어진 이쑤시개 같은 오빠이다. 전화로 수다 떠는 걸 무지 좋아하는 통에 고맙게도 내 핸드폰을 거의 매일 울려준다.

"몰라, 나 여기 있기 싫어. 여기 와서 나 데리고 도망가라. 응?"

"하하하. 내가 미쳤냐. 나 그럼 유괴범이야. 니 애인보고 오라고 해."

"애인? 그 인간? 내가 어제 응급실이라고 보고 싶다고 하니까 뭐라 했는지 알아?"

"몰라. 뭐라는데?"

"'거기 어디야?' 하길래 오려나 보다 하고 감동하고 있는데 서울대학병원이라고 하니까 '음. 시간이 좀 안 되겠군. 내일은 꼭.' 이러는 거 있지. 이게 사람이냐?"

"하하. 하긴. 너희 이야기 들어보면 그 인간 진짜 너한테 무관심 그 자체더라. 어떻게 사귀냐?"

"몰라. 맨날 이런 식이야. 나 혼자만 속 썩는다고. 어차피 수술하면 날 버릴지도 몰라."

"왜 그런 생각을 해. 좋은 쪽으로 생각해야지."

"아니. 그 인간은 그러고도 남아. 오빠 같으면 나 수술하고도 좋아할 수 있을까? 몸속에 기계 넣고, 5년마다 수술하고. 흉터도 길게 있고."

"그런 게 무슨 상관이냐? 나라면 상관없을 것 같은데. 정말 사랑하고 좋아한다면 다 감싸줄 수 있지."

"오빠가 착한가 보지. 이 인간은 달라. 무관심 그 자체에다…… 몰라."

수술하기 전에 헤어지자고 말할까? 그래야 할 것 같았다. 헤어지기 싫었다. 난 오빠를 무지하게 좋아하고 있었다. 하지만 난 수술한 후에 오빠 앞에 나타나는 것이 두려웠고, 오빠도 이런 날 별로 좋아해줄 것 같지 않았다.

"학상. 학상 친구들 오나 본데? 아닌가?"

강한 억양의 재범이 엄마가 복도 쪽을 가리킨다. 아니나 다를까. 이런 소아병동에 고등학생들이 나타났다면 당연 나를 보러 온 친구들이다. 나영이, 윤지, 지혜 모두 교복 차림이었다. 어젯밤 나영이한테 심심해서 응급실이라고 문자를 보냈었는데 어떻게 알고 여기까지 친구들을 데리고 찾아왔다.

세 명 다 작은 키에 아기 같은 얼굴들이라 걸어오는 모습도 참 귀여워 보였다. 저기에 내가 끼면 당연히 튀어 보일 것이다. 갑자기 친구들을 보니 없던 설움까지 생겨나서 눈물이 마구 흘렀다.

"너 왜 울어. 울지 마아."

나영이가 티슈를 뽑아 내 손에 쥐여준다. 갑자기 우는 내 모습에 세 명이 다 우는 표정으로 경직되었다. 좀 미안했다. 여기까지 와줬는데……. 그래도 한참 동안 눈물은 멈추질 않았다. 친구들은 아무 말도 할 수 없이 계속해서 똑같은 표정으로 날 바라보았다.

"울지 말아요, 왜 우나."

"학상. 친구들 왔는데 울지 말오."

앞 침대의 젊은 엄마와 악센트 강한 아주머니가 한마디씩 거든다. 외할머니는 친구들 준다며 햄버거를 사러 나가셨다. 이윽고 내가 울음을 그치자 병실 안이 갑자기 조용해졌다. 분위기를 깨려고 친구들이 더욱 더 재잘댄다.

"이거 봐 안지야. 니가 좋아하는 것만 잔뜩 사 왔다."

"얼른 꺼내서 지금 먹어. 안 그러면 우리 안 가."

길쭉한 상자 안에는 여러 가지 조각 케이크가 예쁜 모습으로 담겨 있었다. 내가 좋아하는 초코 케이크, 바나나 생크림 케이크, 그리고 또 이름 모를 갖가지 케이크들……. 매우 맛있어 보였지만 별로 먹고 싶지는 않았다. 나영이가 입을 장난스레 삐쭉이며 간병인 침대에 걸터앉는다.

"그래. 우리 여기서 살아야겠다. 너 안 먹으면 우리 안 간대도."

"여기서 살지 뭐. 여기 쭈그리고 자고. 학교 가지 말고 안지랑 살자. 키키키."

"얼른 먹어. 안 그러면 나영이가 다 먹어버리겠대. 쿠쿠쿠."

친구들 덕분에 좀 생기가 났다. 병실의 아기 엄마들도 나와 친구들이 떠는 수다를 듣느라 즐거워했다. 서로 케이크를 먹여주기도 하고 우스갯소리도 하면서 한동안 즐거운 시간을 보냈다.

"니 남자 친구는 안 오니? 보고 싶은데."

지혜가 아픈 데를 건드렸다. 안 그래도 그것 때문에 더 기분 꿀꿀해 죽겠는데. 오늘 오겠다고 했다니까 보고 갈 거라며 애들이 낄낄거린다. 하지만 나는 별로 즐겁지 않았다. 오빤 항상 내게 무관심했기 때문에 분명 약속을 지키지 않을 것이다. 그리고 수술하고 나면 오빠와 헤어지지 않을까 하는 불안감 때문이었다.

"나…… 오빠랑 깰까?"

"무슨 소리야. 너 그 오빠 디게 좋아하자너. 갑자기 왜 그래?"

"아니. 솔직히 나 수술하면 오빠 못 만날 것 같아. 그리고 누가 죽을 때까지 기계 달고 사는 여잘 누가 좋아하겠니?"

"야. 그런 게 어디 있어. 이상한 소리 마."

"아냐. 지금 말할래. 그게 좋겠어."

한순간에 결심이 섰다. 무거운 마음으로 핸드폰을 들었다. 전화로는 도저히 용기가 나질 않아서 문자를 보냈다.

'오빠 잘 지내. 나 수술하고 나면 오빠 못 볼 것 같아.'

금방 핸드폰이 문자가 왔다며 부르르 떨어댄다.

'엥, 죽는 건가? 무슨 소리야.'

'아니. 죽는 건 아니지만 수술하고 나서의 내 모습은 오빠가 좋아할 수 있는 모습이 아닐 거야.'

다시 핸드폰이 불빛을 내며 떨었다. 뭘까. 뭐라고 문자를 보냈을까. 날 잡아주면 좋겠는데……. 떨리는 마음으로 액정을 바라보았다.

'그래. 우리 헤어지되 내가 나중엔 널 도울 수 있길 빌게.'

문자 두 번에 끝나버렸다. 황당했다. 조금이라도 붙잡아줄 줄 알았는데……. 아니겠지, 아니겠지. 용기를 내서 다시 한번 문자를 보냈다.

'나 안 붙잡아……? 붙잡아주면 안 돼?'

'미안. 지금 와서 붙잡는 건 아무 의미 없을 거야. 잘 지내.'

같이 보고 있던 친구들이 문자 오듯 부르르 떨었다. 난 영화 같은 장면이 연출되기를 바랐던 것일까? 참담했다. 직접 전화로 이야기했던 것도 아니고……. 나쁜 놈……. 나쁜 놈……. 믿어지지 않았다. 화가 나서 잠시 일어섰던 나영이가 팔짱을 끼며 풀썩 침대에 걸터앉았다.

"사람 만나고 헤어지는 일이 이렇게 쉬운 일이라니. 문자 두 번에 끝나다니. 잘 헤어진 거야. 그 사람 솔직히 너한테 잘해준 것도 없었잖아. 나쁜 놈. 잘됐어."

나쁜 놈, 나쁜 놈. 그 말이 머릿속에서 되뇌며 입 밖으로 나오질 못한다. 잘됐어, 잘됐어. 혹시나 했는데 역시 그 사람은 날 진정 좋아했던 게 아니었다. 단지 심심해서 가지고 놀았던 장난감이었다. 싫증 나서 버리고 싶을 때 마침 내가 기회를 줬던 것일까. 화가 난다기보다 그냥 침울했다. 머릿속이 온통 먹구름투성이로 아무것도 생각나질 않았다.

"안지 남자 많잖아. 그 미친놈 말고도 여럿이면서."

"맞아. 안지 좋다는 사람 많잖아. 그 인간만 인간이냐."

친구들이 아무리 뭐라고 달래주려 해도 별로 귓속에 들어오질 않았다. 그냥 오늘은 아무 생각도 하기 싫었다. 괜히 친구들이 있을 때 이런 꼴을 보였나 하는 생각도 들었다. 아니, 그냥 아무 생각도 하기 싫었다.

## · 04 ·
## 그냥 도망치고 싶었다

온갖 맛있는 것들이 내 눈앞에 펼쳐져 있다. 생크림 케이크, 치즈가 잔뜩 든 피자파이, 후르츠 샐러드, 과일주스…… 먹으려고 손을 뻗었다. 순간, 갑자기 내 손목에 시퍼렇고 번쩍이는 은빛 수갑이 채워졌다.

"아악!"

"아, 아니, 그게 아니라 피 빼려고."

휴…… 꿈이었다. 눈을 떠보니 '7시 선생님'이 내 피를 뽑기 위해 팔뚝에 고무줄을 채운 거였다. 정각 7시만 되면 어김없이 피 뽑으러 다니시는 선생님이라 별명이 7시 선생님이셨다. 내가 갑자기 소리를 질러서 놀라셨는지 흰 수풀 사이로 살짝 벗겨진 대머리의 땀을 연신 닦으신다.

피가 뽑히는 게 보기 싫어서 팔뚝을 내밀고는 고개를 돌려버렸다. 따끔한 바늘의 통증과 함께 무언가가 주욱 내 몸속에서 빠져나간다. 툭 하고 팔뚝의 고무줄이 풀어지는 소리가 들려 바라보면 선생님의 손에는 검붉은 피가 가득 담긴 주사기가 시뻘건 웃음을 짓고 있다. 7시 선생님의 흰 의사 가운 때문에 피는 더욱 선명하게 새벽어둠을 가른다.

갓난아기의 부모님들은 7시 선생님이 너무 일찍 피 뽑으러 다니시는 것이 불만이라면 불만이었다. 갓난아기들은 핏줄을 찾으려고 해도 찾을 수가 없기 때문에 할 수 없이 목에서 피를 뽑는다. 새벽부터 아프다는 아기들 울음소리에 병원 안은 떠들썩하다.

"어머, 우리 예진이 어떻게 해. 선생님이 핏줄을 못 찾으셔서 세 번이나 바늘을 찔렀어요."

앞 침대의 젊은 엄마가 우는 아기를 안고 울상이다. 아기는 정말 손바닥만 하다. 어떻게 저런 쪼그만 것에서 피를 뽑아 가는지. 아기는 여전히 가래 때문에 울음이 잘 터지지 않는다. 흐헤 흐헤 힘겨운 울음소리에 나조차 숨이 막혔다.

"아기 아팠겠어요. 어쩜 좋아요."

"속상해 죽겠어요. 저 선생님 아침마다 핏줄을 못 찾아서 서너 번씩 찌르고 간다니까요. 불쌍해서 못 보겠어요."

"예진아. 니가 너무 쪼끄마해서 엄마가 속상하시단다. 아가, 그만 울어."

한 달 넘긴 아기가 내 말을 알아들을까마는 울지 말라고 말로 달래주는 일이 내가 할 수 있는 일의 전부였다. 아기는 혈관을 찾을 수 없어서 링거를 손가락 두 마디만 한 발바닥에 꽂고 있었다. 어떻게 견딜까. 보고 있노라니 속이 상했다.

"아기가 인형 같아요. 쪼끄마한 게 예쁘게 생겼네요."

"어머, 예진아. 언니가 너보고 귀엽대."

아기 엄마는 아기 얼굴을 들여다보며 너무도 기뻐한다. 자기 자식 예쁘다는 데 동의 안 할 사람이 있겠는가. 그런데 이상하게도 여기 심장병동의 아이들은 다들 예뻤다. 누가 일등, 이등이라고 순위를 가릴 수 없을 만큼. 그런데 저렇게 예쁜 아기들이 다들 심각한 병명을 가지고 수술을 했거나 수술을 기다리고 있다니. 하늘도 참 무심하셔라.

"예진이는 어디가 아프우?"

외할머니께서 물으셨다. 아기 엄마는 아기의 이마를 크게 쓰다듬으며 외할머니를 쳐다보았다.

"판막이 없고 심실을 연결하는 핏줄이 없대요. 심장에 구멍도 있고."

"저런, 딱허기두 하지. 그래, 언제 알았수?"

"태어났을 때부터 울음소리가 작았어요. 그때 이상하다고 검진받았었는데…….''

"으휴. 어린것이 고생이구먼. 그래 색시는 몇 살이유? 아주 그냥 나가도 처녀 소리 듣겠어."

"후후. 저 24살이에요. 남편은 26살이고. 결혼한 지 3년 되었어요."

정말 젊은 나이였다. 남들 같으면 더 공부하고 있을 나이에…… 할머니도 불쌍했는지 아기 엄마에게는 들리지 않게 혀를 쯧쯧 차셨다. 창가쪽의 아기 엄마가 외할머니께 슬며시 다가와 낮은 소리로 귀띔해주신다.

"저 아기는 심장 수술 한 번 더 해야 한대요. 그리고 심장보다 더 중요한 게, 예진이는 척추뼈가 오그라들게 붙어 있어서 떼어내는 수술을 해야 한대요. 수술해도 잘못되면 커서도 구부정하게 다녀야 된다네요. 참 팔자도 기구하지요."

저렇게 행복한 가정에 지독히도 잔인한 벌이라니……. 만약 예진이만 정상적으로 태어났어도 지금쯤 행복했을 텐데. 그런데 이상하게도 아기 엄마는 전혀 불행한 얼굴을 하고 있지 않았다. 오히려 행복한 표정이었다. 가끔 남편이 찾아와도 티격태격 장난을 할 정도로 다정했고 한 달 조금 넘은 아기에게 '너 집에서는 안 그러더니 병원 왔다고 삐져서 생떼 부리지?' 하는 소리를 할 정도로 순수했다.

"아주머니 아기는 어디가 아파요?"

"우리 상혁이는 별로 안 심해요. 다른 애들에 비하면. 그냥 심장에 구멍 난 거 메우면 된대요."

심장에 구멍 난 게 안 심각할 정도면 여기 있는 어린아이들은 얼마나 더하단 말인가? 하나같이 예쁜 아이들이 왜 저렇게 아파야만 할까. 참견하기 좋아하는 억양 좋은 옆 침대 재범이 엄마가 내게 침을 튀기며 연설을 늘어놓는다. 말하다가 감정이 격해지면 나쁜 감정은 없겠지만 연신 삿대질을 해댄다.

"안지, 니는 행복한기다. 니는 여기서는 아프다꼬 명함도 못 내밀어 묵는다. 수술을 안 하겠다꼬? 잔말 말고 부모 시키는 대로 해라. 다 니 좋자고 하는 기지 남 좋자고 하는 긴가. 적어도 니는 수술 안 한다고 당장 죽는 것도 아니잖아. 니는 안 하겠다 하겠다 선택권이 있지만 우리는 선택권도 음써. 그냥 병원에서 수술해라 하면 하는 기야. 안 그러면 죽어. 니는 그런 거 아니자나……."

모르겠다. 안 그래도 수술이라는 것 때문에 좋아하던 남자 친구와도 헤어져야 했는데. 다 싫었다. 아무리 그런 말을 해도, 아무리 내가 받아들일 수 있는 사실이라도 너무너무 싫었다. 수술만 아니었다면 오빠와 헤어지지 않았을지도 모르는데…… 아냐. 그 나쁜 인간 안 그래도 날 버렸을 거야. 아냐…… 그래도 날 좋아했는데 내가 헤어지자고 한 거잖아…… 머릿속이 온통 뒤죽박죽이 되었다.

낯익은 구두 발자국 소리가 요란하게 들려왔다. 노 교수님이셨다. 이 병실에 노 교수님의 지정 환자는 재범이와 나 둘이었다. 교수님은 재범이를 보러 오신 모양이셨다.

"검사 결과 나왔습니다."

"어떤가요. 우리 재범이 수술받을 수 있습니꺼?"

"받을 수는 있을 것 같은데…… 문제는 너무 복잡해서 확답을 드리기가 곤란합니다."

"어떤 수술이길래 그러심니꺼?"

"애는 좌심방과 우심방이 뒤바뀌었어요. 그걸 바로잡아야 하는데 사실 심방을 떼어낼 수는 없으니까 동맥, 정맥 핏줄들을 잘라내서 다시 연결하는 교통정리를 해줘야 하죠. 가슴을 완전히 열고 해야 하는 수술이라 아기도 힘들고……."

"언제쯤 수술받을 수 있겠습니꺼?"

"흠…… 글쎄요. 우선은 검사를 더 해보고…… 그리고 교수진들과 상의를 더 해보고…… 빨리는 곤란할 것 같은데……."

교수님이 나가시자 재범 엄마의 표정이 어두워졌다. 매우 낙심한 듯했다.

"벌써 구멍 메우는 수술을 했는데…… 또 그 고통을 어찌할교……. 교수진들 다 모인다는 소리 보소. 얼마나 오랜 시간을 더 기달려야 수술에 대한 방도가 나올런지…….”

재범이는 곤히 자고 있다. 전혀 아픈 아이 같지 않게 놀기도 잘 놀고, 먹기도 잘 먹는다. 빠알간 볼이 오동통하게 살이 올라서 숨 쉴 때마다 새근새근 움찔거린다. 그리고…… 재범이 얼굴…… 어딘가 모르게 많이 본 듯한 얼굴이다. 누굴까……? 누구지?

"이거 언제 빼줘요?"

괜히 혈압을 재러 온 간호사에게 투정을 부렸다. 그러거나 말거나 여기 간호사들은 다들 너무 친절하다. 어린이 병동이라서일까? 아니면 가장 중한 심장병동이라서 더 친절한 걸까? 항상 웃고들 다니니 예쁘지 않아도 예쁘게 보인다. 그녀도 언제나처럼 방긋 웃으며

"수술하기 전까지는 계속하고 있어야 해. 안 그러면 수술하고 나서 박동이 빨라지는 게 적응이 안 되어서 힘들거든. 그리고 며칠만 더 검사하면 수술 날짜 잡힐 거야."

"전 수술 안 할 거예요."

내 말에는 대꾸도 없이 다시 방긋이 웃고는 나가버린다. 괜한 심술이 났다. 답답해서 미칠 지경이었다. 날 가만히 지켜보고 있던 외할머니가

등허리를 토닥인다.

"난 수술 안 한다고요. 난 이제 다 컸어요. 그런 건 내가 결정하는 거란 거 알아요. 제가 안 한다면 그 누구도 수술시킬 수 없어요. 저도 판단할 수 있는 하나의 인격체라고요. 전 링거 뽑고 그냥 도망칠 수도 있어요."

외할머니는 말없이 계속 내 등을 따뜻한 손으로 천천히 토닥이기만 한다. 그 따뜻함에 눈물이 흘렀다. 모르겠다. 정말 모르겠다. 그런데 하기 싫다. 왜…….

"나 강제로 수술시키면 경찰에 고발할 거야……."

눈물에 징징거리는 목소리가 젖어 들었다. 투정 부리는 어린아이를 달래듯 외할머니의 뜨겁고 넓은 손바닥이 등허리에 닿을 때마다 눈물이 나왔다. 하기 싫은데…… 해야 하나……? 정말 하기 싫은데…….

"안지야. 아가. 저 아기들을 봐라. 안지 너보다 훨씬 더 아픈 아이들 많잖여. 너보다 더 아프게 태어났고 너보다 더 힘든 수술을 했어. 그런데 안지 니가 그러면 쓰는겨?"

"그래도…… 안 아픈 아이도 많잖아요……."

"에이, 못난…… 자기보다 나은 처질 비교하면 쓰나. 항상 자기보다 못한 사람과 자신을 비교해야지……."

외할머니의 인자한 웃음 속에서 아픔이 조금 사그라들었다. 맥박 수 모니터링 기계의 초록색 선이 띠 띠 소리를 내며 올라갔다 내려갔다 한다. 희미하게 나의 맥박을 주시한다. 살아 있음을 느낀다. 살아야 한다는 것이 힘들다. 바보 같은 생각…….

## 05
## 수술해야 할까?

병실에서의 하루는 언제나 따분했다. 티브이, 만화책도 취미 목록에 없는 나는 그나마 유일한 낙이라곤 핸드폰으로 문자메시지를 보내거나 통화하는 일이었다. 학교에 있을 친구들에게 문자메시지를 보내기도 하고, 두환 오빠와 전화로 몇 시간씩 수다 떨기도 했다. 고맙게도 두환 오빠는 내가 심심하다는 말에 꽤 자주 전화를 걸어주었다.

"오빠, 나 우울해."

"왜 우울해?"

"그 빌어먹을 자식이랑 깨져서."

"너한테 잘해준 것도 없다며. 그리고 지금 그런 거 생각할 때냐? 네 몸이나 걱정해."

"나 수술할까? 하기 싫은데. 아님 그냥 검사만 끝나면 퇴원시켜달라고 할까?"

"그건 내가 뭐라고 말해줄 수가 없네. 너는 수술하면 건강해질 거야. 하지만 흉터도 남고 거의 5년마다 수술을 해야 하지. 기계를 넣는다는 것도 그렇고. 하지만 수술을 안 하면 지금처럼 학교 밥 먹듯이 빠지는 거 어쩔 수 없을 테고 네가 하고 싶어 하는 일들을 못 하게 될 거야."

"수술한다고 하고 싶어 하는 일들을 다 할 수 있을까?"

"그거야 모르지. 아무튼 판단은 네가 하는 거니까. 잘 생각해서 결정해봐. 난 다른 사람들처럼 꼭 해라, 말아라 말해주고 싶진 않다."

사람들 모두 수술을 하라고 하는데, 오빠는 그렇지 않았다. 결정은 네가 하라는 것이었다. 무조건 수술이 좋다, 수술해라 말하는 것보다 듣기 좋았다. 친구들도 친척들도 건강해지니까 수술하란다. 하지만 난 그들이 내 상황이 된다면 나처럼 걱정할 것이라 생각한다. 나도 나 아닌 다른 사람이 아프다면 수술을 권할 것 같다. 말하는 것은 쉬운 일이지만, 그들이 내 상황이 되어보지 않았기 때문에 쉽게 말이 나오는 것이다. 그래서 무조건 그들이 하는 말은 듣기가 싫었다. 어디 한번 나처럼 되어보라지. 어디 한번 나처럼 아파보라지.

"선택은…… 네가 하는 거야. 네가 알듯이 아무도 네게 강제로 할 수 없어."

그래. 선택은 내가 하는 것이다. 그렇게 말해주는 오빠가 고마웠다. 이상하게도 그 말을 들으니 수술하는 것이 죽을 정도로 싫지는 않았다. 내가 청개구리였던가?

오늘은 재범이 엄마와 창가 쪽 상혁이 엄마가 초긴장 상태이다. 오늘의 검사가 꽤나 엄마들을 힘들게 할 모양이었다. 재범이와 상혁이 둘 다 검사를 위해 속을 비워놓아야 했으므로 아침부터 분유는커녕 물 한 모금도 못 마시게 했다. 벌써부터 아기들은 울어재끼는데 검사를 하고 나면 더 울 거란다. 검사할 때는 수면제를 먹이고 마취를 시키고 검사를 하기 때문에 검사가 끝난 아기들은 세상모르고 잠이 들어 있었다. 아기들을 달래느라 기진맥진한 엄마들은 그제야 아침밥을 먹기 시작했다.

"큰일이에요, 상혁이 깨면. 6시간 동안 다리 못 움직이게 하라고 했는데."

"갸는 정맥이라 6시간이지. 우리 재범이는 동맥이라 8시간 동안 몬 움직인다 아이가."

야속하게도 아기들은 둘 다 1시간도 안 되어서 깨어났다. 다리 쪽의 핏줄로 검사를 했기 때문에 지혈을 위해서 동맥은 8시간, 정맥은 6시간 동안 못 움직이게 해야 한다고 했다. 그래서 아기들의 배 위에는 무거운 모래주머니가 올려져 있었다. 꼼짝달싹할 수 없는 아기들은 누가 먼저랄 것 없이 크게 울어대기 시작했다. 엄마들은 혹시나 아기들이 움직여서 지혈이 안 될까 봐 아예 아기들의 배 위에 엉덩이를 깔고 올라앉았다. 아기는 울고, 엄마는 깔고 앉아 있고, 그 모양이 어찌나 우습던지 웃다가 땀이 다 났다. 상체 쪽은 움직여도 상관이 없었지만 아기들이 음식을 못 먹어서 탈수될까 봐 링거를 꽂아놓는 바람에 행여나 아기가 그걸 잡아 뺄까 봐 양손까지 꽉 쥐고 있다. 병실은 온통 웃음바다가 되었다.

"오매 오매, 어짜 쓰까. 소피 좀 봐야 쓰것는데 야가 링거를 빼묵을까 봐 겁나네……."

재범 엄마는 꾀를 내어 아예 재범이의 링거 꽂은 손에다가 양말을 신겨버렸다. 자꾸 양말까지 빼려 들어서 좀 겁이 났지만 빨리 화장실에 갔다 오면 될 듯싶었다. 재범이는 모래주머니 때문인지 아니면 지쳐버렸는지 손만 간간히 움직인다. 잠시 후 다시 보니 역시나 양말은 벗겨져 있고 재범이는 피 묻은 링거 바늘을 하늘을 향해 돌리고 있다. 저 아기는 아픈 것도 모르나? 링거 바늘이 돌아갈 때마다 바늘과 관을 연결하는 노란색의 고무가 왔다 갔다 하며 야광팔찌처럼 노란 원을 그린다. 하하, 저 아기 하는 짓 때문에 우스워 죽겠군.

"아줌마, 재범이 링거 빼버렸어요!"

"오매 오매, 재에범아! 이게 뭐꼬!"

재범 엄마는 팔다리를 요란을 떨며 달려와서는 살짝 배 위의 모래주머니를 야단치듯 때렸다. 그러고는 뭔가 이상했는지 모래주머니를 살짝 들추었다.

"이기 뭐꼬! 오매 오매 돌아브리겠네. 오줌 싼 게 다 배 위로 올라와버렸어! 모래주머니가 다 젖어쁘렸네."

병실 가족들이 다 웃어댔다. 재범이도 뭐가 우스운지 날 보고는 키득키득 웃는다. 그 웃음이 꼭 누구를 닮았다. 나도 아까부터 계속 웃었던 터라 활기가 다 난다. 잠시 후 간호사가 달려오자 우유를 달라고 보채기 시작한다. 링거를 다시 꽂아야 하는데 보채는 바람에 어찌할 수 없나 보다.

"휴, 안 되겠네요. 아기 혹시 소변봤나요?"

"예, 봤심더."

"그럼 그냥 링거 빼고 우유 줘보세요. 가만있질 않으니 우유라도 줘서 달래야겠어요. 우유 주면 잠이 들지도 모르니까. 소변봤으면 장도 괜찮을 것 같네요. 혹시라도 토하면 사레들리지 않게 고개 옆으로 돌리시고 간호사 부르세요."

그제야 재범이는 조용하다. 재범이 때문에 한시도 쉬지 못한 엄마가 원망스러운 듯 재범이에게 한마디 한다. 흥분했는지 또 연신 삿대질이다.

"이노마야, 상혁이는 가만히 있는데 니는 와 자꾸 일을 맨드는교?"

엄마 얼굴을 빤히 보더니 다시 내 쪽을 보고 피식 웃는다. 아까부터 계속 날 보고 웃는데 꼭 뭘 아는 것같이 느껴진다. 재범이가 내게 할 말이 있나? 후훗, 나도 참 유치하긴. 재범이의 낯익은 웃음…… 신기하게도 그 웃음을 보고 있노라면 왠지 모르게 기분이 좋아진다. 어딘가 모르게 그리운 구석도 있는 웃음이다. 재범이는 그런 내 속을 아는지 모르는지 천연덕스레 웃으며 집게손으로 하늘을 가리킨다.

'하늘을 봐. 아직 가야 할 길은 많다고. 가슴을 펴고 하늘을 보란 말이야. 그렇게 울상 짓고 땅만 보지 말고…….'

재범이의 하늘은 어떤 것일까. 어려서 아직 말을 못 하는지라 아, 아 하면서 자꾸만 나보고 하늘을 보란다. 오늘은 하늘이 유난히도 파랗다……. 재범이는 날 웃게 하려던 것일까? 일부러 내게 힘을 주려고……? 하하. 아까부터 별 유치한 생각을 다 한다. 어쨌거나, 오늘 너의 활약에 많이도 웃었고 활기도 생겼구나…….

'어랏, 날 무시하는 거야? 나도 다 안다고. 누나가 우울해하는 거. 그러고 있지 말고 하늘을 보란 말이야.'

한창 집게손가락을 사용할 때인지, 삿대질 잘하는 엄마 보고 배웠는지는 모르지만 그 귀여운 집게손은 분명 하늘을 가리키고 있었다. 푸른 하늘을 봐선지, 재범이 때문에 웃어서인지는 잘 모르겠지만 기분이 꽤 상쾌했다. 하루 종일 웃음이 입에서 가시질 않았다.

"오늘은 기분이 좀 나아진 모양이구나?"

혈압 재러 온 간호사 언니가 나의 밝은 표정을 보고 미소 짓는다. 아까도 병실 사람들이 안색이 좋다며 한마디씩 건네었다. 외할머니도 덩달아 싱글벙글이다. 하루 종일 내 생각에 일이 손에 잡히지 않으셨을 엄마 아빠도 오늘 나를 보고는 너무도 기뻐하신다.

"아빠, 나 휠체어 좀 태워줄래요? 나가고 싶은데 다리가 아직 후들거려서요."

"그래, 산책 좀 시켜줄까? 몇 층 갈까? 먹고 싶은 건 없고?"

"바나나 우유랑 웨하스 먹고 싶어."

"그래그래, 같이 사러 가자."

두 분 다 기쁜 표정이 한눈에 보인다. 직장 일을 끝내고 내 걱정에 매일매일 병실 들르시느라 피곤하실 텐데……. 그런 엄마 아빠를 나는 언제나 내가 기분이 나쁘다는 이유로 투덜대며 맞이하곤 했다. 죄송하게도, 단지 내 웃는 모습과 산책시켜 달라는 말 한마디에 저렇게 기뻐하시다니.

"엄마, 나 그냥 수술받을까?"

"응? 뭐라고 했어?"

"아니에요. 아무것도."

주위가 환해짐을 느낀다. 만약 내가 수술받는다면 어떨까? 내가 건강하게 살길 바라시는 것인데. 기계를 넣는데도, 아무리 흉터가 남아도, 아무리 자주 수술을 해서 고통이 따른다 해도……. 엄마 아빠의 웃음을 되찾아드리는 길은 수술이 아닐까? 자식의 웃음 하나로도 행복하다면 자식의 건강으로는 얼마나 큰 행복일지…….

아빠가 밀어주시는 휠체어에 앉아 병실을 나가며 재범이에게 살짝 윙크를 했다.

'자식, 고맙다.'

· 06 ·
## 어느 우울한 가족

오늘은 이 병실의 막내둥이인 예진이가 외출을 하는 날이다. 예진이가 아직 태어난 지 50일밖에 안 된지라 예진이 엄마는 혹 감기라도 걸릴까 봐 이것저것으로 꽁꽁 싸맨다. 여전히 흐헤거리는 울음소리는 맑아지질 않았다. 나는 조금 걱정이 되었다. 아직 병원에서는 퇴원하라는 소리도 하지 않았다는데……. 어딜 가는 걸까? 아직 고쳐야 할 곳도 많고 수술도 더 해야 한다는데……. 상혁이 엄마가 불쌍하다는 듯이 외할머니께 숙덕거린다.

"저 아기, 수술비가 없대요."

"저런, 딱허기두 하지. 그런데 왜 아기를 데리고 외출하는규?"

"수술비 마련하려면 여기저기 다니며 돈을 구해야 하니까……."

"어이구, 수술비 꽤 많이 나오것지유?"

"예진이는 힘든 수술을 해서 그만큼 더 나오겠지요. 어린 부부인데…… 안 되었어요."

"입원비는 있을까유?"

"그것도 아마 많이 나올걸요. 중환자실에도 오래 있었고, 입원실에서도 꽤 있었거든요."

"아기 다 낫지두 안 혔자뉴. 그런디 저렇게 나가 다녀두 된다유?"

"아마 복지단체에 도움을 받기 위해서 데리고 가는 걸 거예요. 아무래도 아기가 아픈 것 보여주면 더 도와주겠지 해서."

"정말 딱허구먼유……. 어린것이 어쩌다 그렇게 태어나서……."

"아직 받아야 할 수술도 남았다는데…… 척추 수술은 두 번이나 해야 된대요. 글쎄."

"병원에선 계속 입원시키라고 했다면서유?"

"네에. 그런데 돈이 없으니…… 어쩔 수 없이 바라볼 수밖에요."

정말인지는 모르지만, 어쨌든 좋은 의미로의 외출은 아닌 것 같았다. 아침 일찍부터 외출허가를 받고 허겁지겁 나갈 채비를 하는 예진이 부모의 얼굴은 여느 때와는 달리 무거운 빛이 역력했다.

"아기, 감기 걸리지 않게 잘 입히구 나가우. 밖이 아주 추워."

"네, 감사해요. 할머니."

"아침은 먹고 가야지, 병원 밥 조금 있으면 나올 텐디……."

"아뇨, 바빠서 빨리 가봐야 해요. 큰집, 외갓집 다 가려면……."

친척들에게 사정을 말해볼 생각인가 보다. 보따리처럼 돌돌 싸매진 예진이가 측은한 생각이 들었다. 주인 없는 아침밥은 간병인 침대 위에 놓이고, 점심이 되어서도 예진이는 오지 않았다. 6시면 나오는 저녁밥도 차곡히 쌓여, 먹지 않은 식판 3개가 나란히 놓여 있다. 그 모습이 너무도 쓸쓸하고 처량해 보였다.

복지단체에서 예진이를 도와줄까? 만약 안 도와주면 예진이는 어찌되는 것일까. 내가 돈이라도 있다면 도와줄 테지만 불행하게도 나는 돈을 벌지 못한다. 커서 돈이나 많이 벌어야겠구나 하고 생각했다.

"여기는 저런 애들 많아요. 부모 마음이야 고쳐주고 싶지마는, 돈이 없으니 그게 뜻대로 됩니까."

"그래도 마 여기 의사덜은 심성이 착해서 보증도 서주고 자기가 대출도 도맡아 해준다는 거 아닌교."

"오죽 심한 애들이 많으면 그렇겠어요. 의사들도 그런 것 보면 참 속상할 거예요."

"의사한테 돈 빌리는 데도 조건이 있다 아인겨."

"그게 뭔데요?"

"환자 부모한테 '집은 있습니까?' 하고 묻고, 집 있으면 도움 안 준다 카지 아마."

"더 환경이 어려운 아이들부터 도와야 하니까…… 우리도 마음은 돕고 싶지만 얼굴만 아는 사이지 남이 아닙니까. 섣불리 도와준다 할 수도 없고, 우리 상혁이도 아픈데 남 돕게 생겼어요?"

"마찬가지 아인교. 보는 일밖에는 어짤 수 없는 기제. 오매 오매, 재범아. 니 또 똥 쌌나?"

간호사실 벽에 붙어 있는 광고가 생각났다. 선천성 심장병 어린이를 위한 기금 마련을 위해 로고가 새겨진 티셔츠를 판매한다는 것이었다. 1층에서 판다는 헬륨가스 풍선 자판기 생각도 났다. 동생이 사달라고 할 땐 천 원이라 비싸다고 생각했었는데, 그것도 심장병 어린이들을 돕는 데

쓰인다고 하니 별로 아깝게 느껴지지 않았다. 이따 풍선 사두고 있다가 엄마 오면 동생이나 주라고 해야지. 엄마한테 말해서 티셔츠나 사달라고 할까? 그렇게라도 하면 조금이라도 예진이를 도울 수 있지 않을까? 그러나 계속되는 아줌마들의 말에 나는 크게 실망했다.

"심장 재단에서 예진이를 도와줄까요?"

"거야 모르제. 헌데 요즘은 예진이 같은 얼라가 하도 많아서 도와준대도 얼마 안 될끼야."

"요즘은 선천적으로 심장질환 가지고 태어나는 아이가 점점 많아지고 있다고 들었는데……."

"그게 다 환경오염 때문이야. 공기고 물이고 다 오염되어서리 기형아가 억수로 늘었다제. 그리고 예진이는 심장 도움받는다 케도 척추 수술도 있기 땜시 밸 도움이 안 될끼야."

예진이 가족은 어둠이 짙어진 저녁 무렵에도 들어오질 않았다. 나도 모르게 예진이 가족을 기다렸다. 병실 가족들이 모두 잠이 든 새벽 1시가 되어서야 예진이 아빠와 엄마가 잠이 든 예진이를 안고 조용히 병실 안으로 들어오는 것을 볼 수 있었다. 부부는 먹지 않은 식판 3개를 보더니 아깝다는 생각을 했는지 꾸역꾸역 먹기 시작했다. 얼굴에는 피곤함이 가득하다. 잘되었을까? 이런저런 생각에 밥을 먹는 부부를 실눈으로 바라보다 잠이 들었다. 새벽에 뒤척이다 잠시 깨니 예진이 아빠가 딸의 얼굴을 한참 동안 바라보고 있는 것을 볼 수 있었다. 깊은 한숨과 함께.

다음 날 아침. 예진이는 퇴원을 했다. 나중에 알고 보니, 병원에서는 수술을 더 받으라고 했지만 그럴 돈이 없어 퇴원을 하려고 했는데, 그러려면 전에 한 수술비와 입원비를 다 내야 퇴원 수속이 되었다. 하지만 그 돈마저 없어서 지금껏 퇴원을 못 했던 것이라 했다.

"아가, 안지야."

"네, 할매."

"부모들은 자식이 가장 소중한 거란 거 알고 있는규?"

"네……."

"예진이를 봐라. 부모들이 아무리 고쳐주고 싶어도 그렇지를 못해서 얼마나 속상해하누. 백번 말해 뭐 하누. 안지 니는 행복한겨……."

"……."

"니도 적은 돈이 드는 것은 아니지만 부모가 해줄 수 있다자뉴. 그런데 생떼를 쓰면 쓰나……."

"할매."

"왜 그러누?"

"저…… 그냥 수술할게요."

외할머니의 손이 내 등을 따뜻하게 어루만진다. 언제나 따뜻한 외할머니의 손이 나를 토닥이거나 어루만져주실 때면 속에서 뜨거운 것이 마구 샘솟는 느낌이다. 외할머니의 따뜻한 손을 잡았다.

"할매."

"왜, 아가."

"저 1층에 가고 싶은데."

"그려, 가자. 먹고 싶은 것도 사고……."

풍선 자판기에나 들러야겠다. 재범이가 가리킨 하늘로 높이 날아오르는 헬륨 풍선을. 예진이 같은 아이들이 저 예쁜 하늘을 볼 수 있도록. 천 원을 손에 꼭 쥐어보았다. 가슴이 뿌듯했다.

## 07
## 수술을 결정하다

"안지, 수술하기로 했다며? 기분 괜찮니?"

'홍장미' 선생님이셨다. 큰 키에 약간 마른 듯한 체격. 화장은 절대 안 하시는 선생님이지만 미인형 얼굴이라 맨얼굴로도 빛났다. 모델을 해도 어울릴 만한데 의사라는 직업을 가지고 있다니. 게다가 시원시원한 성격에 능력도 좋아서 레지던트들을 몇 명씩이나 거느리고 있었다. 정말 내게는 가장 큰 부러움의 대상이었다. 거기다 이름까지도 도도하게 홍장미라니. 오~ 나의 우상이여!

"네, 뭐 그럭저럭요."

"왜? 걱정되니? 걱정 마. 선생님이 꿰매는 것 전문이니까 너는 특별히 예쁘게 꿰매줄게."

내가 좋아하는 홍장미 선생님이 웃는 얼굴로 자신감에 찬 말씀을 하셨기 때문에 마음이 놓였다. 게다가 저렇게 멋진 분이 나의 수술을 같이 하신다니 너무 좋았다. 그렇게 이야기를 나누고 있는 도중 병실 문이 활짝 열리더니 노 교수님이 들어오셨다. 역시 레지던트들을 뒤에 둔 채로.

노 교수님은 인자하신 분이지만 왠지 내겐 먼 분이시다. 하얗게 센 머리카락과 작은 눈, 약간 나온 배, 구겨진 와이셔츠, 검은 테 안경…… 전에 말했듯이 내가 어릴 때 상상했던 망태 할아버지였다.

"그래, 수술하기로 했다니 다행이구나. 어디 맥박 좀 보자."

불빛을 받아 번쩍거리기까지 하는 차가운 은빛 청진기를 가슴에 대보신다. 그러고는 겁먹지 말라는 표정으로 미소를 지어주셨다. 그런데도 내 머릿속엔 어린아이들을 유괴해 잡아먹는다는 망태 할아버지의 웃음이 그려졌다.

"수술은 김 교수님께서 하실 거란다."

아! 하늘도 날 배반하지 않는구나. 노 교수님이 수술을 하시는 것이 아니었다. 김 교수님? 누구시지? 모르는 분이신데. 혹시 노 교수님과 쌍둥이로 망태 할아버지의 미소를 지으신다면? 설마…… 그럴 일은 없겠지.

"박동기에 대한 유의사항은 들었니?"

"아뇨. 뭔데요?"

"그래 뭐 별거 아니란다. 금속 탐지기 같은 거 주의하고…….'

"금속 탐지기요?"

"그래, 왜 공항이나 도서관 같은 데 있는 불 들어오는 문 같은 것 말이야."

"그게 왜요?"

"심장 박동기 넣은 사람은 그걸 통과하면 소리가 나게 되거든."

그럴 수가…… 그 소리를 듣는 순간 온몸이 얼어버리는 느낌이었다. 별거 아니라더니. 머릿속에서 필름이 돌아가고 내가 공항에서 문책당하는 장면이 떠올랐다. 그리고 삐삐거리는 소리와 사람들의 비웃음이 들리는 듯했다. 아주 몸속에 기계 넣은 것을 광고하고 다니라고 해라. 보통 사람들과 똑같아지기 위해 수술을 하는 거라더니…… 정작 나는 기계인간일 뿐이었다.

"수술을 하고 나면 박동기 넣었다는 증명서를 줄 거야. 그럼 그거 보관했다가 도서관이나 비행기 타게 되면 보여주면 된단다……. 아 참, 그리고 넌 MRI 촬영은 못 할 거야. 자석의 힘이 미치면 박동기가 고장 나거든. 그리고 핸드폰. 기계 넣은 부위에 가까이하지 않도록 해라. 전자파도 위험하단다."

계속되는 교수님의 말씀에 울고 싶은 심정이었다. 난 적어도 수술 후에는 박동기 넣었다는 사실을 잊고 살 수 있을 줄 알았다. 아무것도 아닌 수술이라더니…… 맹장 수술 같은 거라더니…… 아무리 생각해도 더 힘들면 힘들었지 수술을 한다 해서 편하게 살 수 있을 것 같지는 않았다. 정말이지 청천벽력 같은 말씀이셨다. 참다못한 내 눈에서 눈물이 떨어졌다.

"너 또 우는구나? 울면 건강에 더 안 좋아. 그렇죠, 교수님?"

아기 달래듯 달래주시는 홍장미 선생님. 하지만 그래도 별로 기분이 좋아지지 않았다. 이렇게 우는데도 노 교수님의 표정은 절대 바뀌지 않고 망태 할아버지 미소 그대로였다. 별거 아니라는 표정이셨다. 심각한 병명의 환아들을 십수 년에 걸쳐 진찰하신 분이시라 항상 '괜찮아, 별거 아닌걸', '그 수술은 간단한 거야' 이런 식으로 말씀하셨다.

"별거 아닌걸, 뭐. 안지 그렇게 자꾸 울면 건강에 해로워. 수술 잘못되면 어떻게 해."

역시 교수님은 별거 아니라고 말씀하셨다. 내가 교수님이 무섭고 싫은 이유도 그런 말씀 때문인 것 같았다. 나에겐 죽을 정도로 절망적인 일을 교수님은 항상 아무것도 아니라는 식으로 말씀하셨다. 물론 나를 안심시켜주시려고 그러시는 것일 테지만 그리 간단하게 말씀하시는 교수님이 미웠던 것 같다.

"안지 수술하기로 했지? 약속했지? 그래 뭐 별거 아닌걸……. 너보다 심한 수술 하는 아기들도 많은걸……."

이제 와서 약속을 번복할 수는 없었다. 자존심 문제도 있겠지만 교수님 말씀처럼 나보다 심한 환아들을 내 눈으로 직접 보았기 때문이었다. 예진이가 떠올랐다. 예쁜 아기였는데……. 사람들 말로는 이제 금방 죽을 거라고 했었다……. 그럼 예진이의 부모님들은 아가를 가슴에 묻고 살아가게 될 것이다…….

노 교수님이 나가시고 홍장미 선생님만 남으셨다. 여자이셨지만 언제나 씩씩하신 분이시고 자신감에 넘친 활기찬 표정이셨기 때문에, 나는 다른 의사들 다 빼고 홍장미 선생님만 좋았다. 나이가 젊으셔서인지 마치 언니같이 느껴졌다.

"안지 여기 오더니 아주 어린애가 되었구나? 아기들 사이에 있으니까 더 아기가 된 기분이지?"

그 말이 사실인 것 같아서 눈물범벅이 된 얼굴로 멋쩍게 웃었다. 여기가 어린이병원이라 그런지 간호사 언니들도, 선생님들도 나를 아기 취급하신다. 거기다가 링거 때문에 몸까지 불편하니 다른 사람의 도움 없이는 아무것도 할 수가 없었다. 그래서일까? 자꾸만 어린애처럼 굴게 된 것 같았다.

"내일이 수술이야. 안지 잘할 수 있지?"

'끄덕.'

"오늘 자정부터 금식하고 이따가 관장하자. 수술하려면 속을 다 비워 놔야 되거든. 마취 상태에서 갑자기 분비물 나오면 안 되니까 말이야."

'끄덕.'

"그리고 수술 끝나면 중환자실로 옮겨질 거야. 엄마 못 봐서 섭섭하겠다. 그래도 안지가 빨리 나으면 빨리 병실로 옮겨질 테니까 강하게 버티는 거야. 알았지?"

'끄덕.'

"안지 안 울 거지? 선생님이랑 약속하자."

'네'라고 대답하고 싶었지만 우는 바람에 코가 막혀서 대답을 할 수가 없었다. 할 수 없이 고개를 끄덕거렸다. 어차피 수술하기로 한 것인데 울어서 무슨 소용인가. 이왕 하는 거 기분 좋은 마음으로 해야지……. 찜찜한 마음은 있었지만 홍장미 선생님이라면 내 상황이 되어서도 절대 굴복하지 않을 것 같았다. 그래, 까짓것 하고 나서 보자. 몸만 나아봐라. 나도 홍 선생님처럼 멋지게 살아야지. 하지만 그런 생각을 아무리 해봐도 기분이 좋아지지는 않았다. 오히려 발악하는 기분이었다.

어차피 수술을 해도, 안 해도 후회하는 것은 마찬가지일 것이다. 수술을 해도 잃는 것이 있을 것이고, 안 해도 잃는 것이 있을 것이다. 어차피 어떻게 해도 후회하는데 이왕이면 부모님 걱정 안 시켜드려야겠다는 생각에 수술을 결정한 것이었다. 하지만…… 기분이 좋지 않은 것은 당연했다. 두려웠다. 아무리 좋게 생각하려 해도, 수술에 대한 공포와 앞으로 겪게 될 일들에 대한 걱정 때문에 나는 쉽게 웃을 수가 없었다.

부모님이 직장에 계신 관계로 외할머니께서 대신 수술 담당 김 교수님과 면담을 하셨다. 면담 때 김 교수님께서 무슨 말씀을 하셨는지 면담을 마치고 돌아오신 외할머니의 표정이 어두웠다. 무슨 일일까? 뭐 안 좋은 말씀이라도 들으신 것일까? 궁금했지만 차마 여쭤어볼 수가 없었다. 한참이 지나서야 외할머니께서 입을 여셨다.

"안지야. 니 수술 끝나면 바로 중환자실로 간다는디."

"네…… 아까 홍장미 선생님께 들었어요. 중환자실 갔다가 회복 상태에 따라 입원실로 올라간다고."

"그려, 니가 빨리 회복되면 빨리 나올 수 있을 거여."

"그런데 할매 왜 안색이 편찮으세요? 무슨 안 좋은 말씀 들으셨어요?"

"어이구, 아녀, 아녀. 내가 어디가 안색이 안 좋다구……."

할머니께서 아니라고 하셨지만 아무래도 무슨 말씀을 들으신 것이 분명했다. 무슨 말씀을 들으셨길래 할머니께서 저러실까? 여쭈어보고 싶었지만 용기가 나질 않았다. 안 좋은 말이면 어쩌지? 수술은 내일 정오라고 했다. 막연히 걱정만 했었는데 이제야 실감이 나기 시작했다. 가슴이 갑갑해왔다. 이제까지 느껴보지 못한 두려움이 검은 안개처럼 조금씩 스며들며 엄습해오고 있었다…….

## · 08 ·
## 드디어 수술하는 날

수술에 대한 이런저런 생각 때문에 잠을 이루지 못하고 뒤척이다 새벽녘이 되어서야 잠자리에 들었다. 피곤한 육신과 고달픈 마음이 하얀 병원 침대 속으로 파묻히는 듯했다. 벌써 아침인가? 병원의 큼지막한 창으로 빛이 조금씩 새어 들고 있었다. 눈을 뜨고 싶지 않았다. 감은 눈 사이로 새벽이 들어온다. 그리고 감은 귀 사이로 재범 엄마와 외할머니의 목소리가 들린다.

"아이고, 걱정이유."

"무슨 일 때문인교? 김 교수님이 뭐라카덥니까?"

"안지가 맥박이 느려서 마취를 하면 더 느려진다구 하네유. 잘못하면 그 상태로 심장이 멈출 수도 있다고, 자기도 사람이라 수술이 잘되면 좋지만 잘못될 수도 있다구유. 각오를 하라구 말여유."

"그래도 마, 무슨 일이야 있겠습니껴. 다 만약을 대비해서 그라카는 기제. 그라도 쟈가 살 운명이니까네 수술도 받는 게 아니겠심껴."

"그것두 그렇지만서유, 아이고, 아무튼 제 심장이 다 떨리네유. 의사 선생님께서도 장담을 못 하시겠다고 하시니……."

 꿈이겠지. 설마, 꿈일 것이다. 분명 모두들 간단하고 쉬운 수술이라고 했었다. 아니, 수술은 쉬운데 내 심장이 멎어버릴 위험이 있다는 것인가? 뭐지? 목이 마르고 현기증이 났다. 하지만 정신을 차리고 싶지 않았다. 꿈이기를, 꿈이기를 바랐다.

"하지만예, 어떤 수술이던 마 위험은 따르는 법이라예. 그 소리 들으면 누가 수술을 하고 싶겠습니껴? 다 수술하기 전에 그냥 하는 말이라예. 웃고 넘기입시더. 그리고 김 교수님 무뚝뚝하기로 유명하다카데예. 그냥 하는 말일 겝니더."

 꿈이 아니라는 것을 알게 되자 공포감이 여기저기서 밀려온다. 차라리 그냥 내가 내 목숨을 끊어버릴까. 그게 더 속 편한 걸까? 아니, 그냥 마취가 잘못되어 죽는 게 아프지는 않겠구나. 근데 억울해서 어떻게 죽지? 아니, 이렇게 죽을 생각까지 하는 내가 왜 죽을지도 모른다는 말에 떨고 있는 것일까. 어지럽게 여러 생각들이 교차해간다. 거기서 몇 가지의 모순들을 발견하고는 쓴웃음을 지어본다.

 아니야……. 시한부 인생을 사는 사람도 있는데, 자신이 죽는다는 것을 알고도 열심히 살아가는 사람도 있는데 용기를 내야지. 내게 주어진 것은 만약이라는 것일 뿐 당장 일어날 일은 아니니까……. 두려움에 맞서보려고 굳게 마음을 먹으려 했다. 하지만 이상하게 심술이 났다. 수술 때문에 신경이 날카로워진 것일까? 점점 일그러져가는 내 표정이 느껴진다.

"오늘 재범이 퇴원한다면서유?"

"야. 수술 날짜 정해지면 그때 연락해준다카입니더. 그럼 그때 다시 입원해야지예."

"그럼 언제 퇴원하우?"

"몰겠심더. 좀 더 있다가 서류 처리 다 되면 말해준다 카대요. 점심 지나서나 갈까……."

오늘이 재범이가 퇴원을 하는 날인가 보다. 병실의 갑갑했던 내게 재롱을 떨어주던 귀여운 동생은 새근새근 자고 있다. 이따 떠날 때 인사나 해야지. 누가 병실에서 헤어진다고 연락처를 주고받겠는가마는 재범이의 연락처는 알아두었으면 좋겠다는 생각을 했다. 이렇게 헤어지면 다시는 볼 수 없을 테니까. 하지만 말도 못 하는 아기의 연락처를 알아 무엇 하랴. 전화 통화나 할 수 있을까. 재범이까지 가버린다고 생각하니 마음이 더 허전해진다.

수술하는 날이라는 것을 엄마가 광고라도 한 것인지, 큰아버지와 외할아버지, 사촌 오빠, 외숙모 등 여러 친척들이 오셨다. 물론 내 걱정이 되어 오신 것이시겠지만 별로 탐탁하지 않았다. 괜히 친척들까지 합세해 나를 동물원 원숭이 취급하는 것 같았다. 게다가 무슨 못된 마음인지 인사치레라는 생각까지 들었다. 불안한 마음과 심술이 겹쳐져 그야말로 나의 심리상태는 뒤죽박죽이 되었고, 한마디 말도 없이 입을 꾹 다문 채 인상 쓰고 있는 나를 보고 친척들은 무슨 말을 해줘야 할지 몰라 망설이고 있는 듯했다. 엄마도 애써 담담한 표정을 짓고 있었지만 불안감을 감추지 못하고 계셨다.

벌써 몇 번째 시계를 들여다보았는지 모른다. 차라리 빨리 수술받으러 들어가면 이런 생각, 저런 생각 할 필요가 없을 텐데. 시간은 왜 이리도 더디게만 가는지 시곗바늘이 제자리에 멈추어 있는 것 같았다. 오늘 나는 환아들 가운데 두 번째로 수술을 받는다고 했다. 지금은 같은 병실의 상혁이가 첫 번째로 수술을 하는 중이다. 잘하면 중환자실에 같이 있겠구나. 하지만 잘못하면 중환자실은커녕 나는 하얀 뼛가루가 되어 친구들의 손에 쥐이겠지…….

이윽고 수술실로 가는 이동용 침대가 나를 데리러 왔다. 조심스럽게 침대에 옮겨 누웠다. 내 위로 보이는 것은 회색의 칙칙한 병실 천장과 재범이가 말한 파란 하늘이 맺혀 있는 창뿐이다.

"누나야 간데이."

말 못 하는 재범이를 대신해서 재범 엄마가 작별 인사를 건네었다. 그 기분 좋은 웃음을 이제는 못 보겠구나 하고 생각하니 너무도 아쉬웠다. 행여나 그 웃음을 보면 지금의 불안감도 사라질까 해서 마지막으로 고개를 돌려 재범이의 얼굴을 보았다. 순간, 나는 그 웃음에서 묻어 나오던 그리움이 어디에서 오는 것인지를 알 수 있었다.

오빠…… 잔인하게도 내가 그렇게도 좋아했던 그 나쁜 놈의 웃음이었다. 가슴이 아팠다. 죽이고 싶도록 미웠다. 하지만 미워해봐야 소용없는 일인걸……. 그래, 내가 왜 너 때문에 아파야 하냐? 가지런히 바른 자세로 누웠다. 정신이 맑아지고 똑똑해졌다. 현실을 당당하게 받아들이기로 했다.

'그래, 난 죽지 않을 거야. 건강하게 수술 잘 끝내고 너보다 잘난 사람이 되어서 당당히 나 자신을 보여주겠어. 그리고 맘껏 비웃어주마.'

마음을 굳게 먹었다. 재범이에게 다시 한번 윙크를 했다. 회색빛 천장이 점점 빠른 속도를 내며 눈에서 멀어져간다. 아스팔트를 질주하듯 내 눈은 매끄럽게 직선을 긋는다. 엘리베이터 문이 열리고, 수술병동 문이 열리고, 수술 대기실의 문이 열렸다. 수술용 장갑과 모자를 쓴 홍장미 선생님의 모습이 보인다.

"어때, 기분 괜찮지? 선생님이 예쁘게 꿰매준다고 약속했다."

이제 내 침대는 홍 선생님의 에스코트를 받으며 부모님과 친척들과 떨어져 수술실로 향했다. 혼자라는 두려움이 있었지만 나는 오히려 수술 직후가 되자 더 담담해졌다. 수술실은 예상외로 정리가 잘되어 있었다. 수술용 가위나 메스, 피 따위는 없었다. 어린이병원이라서 아이들이 놀라지 않도록 최대한 신경을 쓰는 듯했다. 꼭 치과용 의자 같은 의자가 있고 그 위에는 메디컬 드라마 같은 곳에서 나오는 동그란 전구가 여러 개 모여 다시 원을 이루는 형상의 라이트가 있었다. 이제 나는 아무렇지도 않다. 그 많던 불안감도 신기하게 사라졌다. 그래, 이왕이면 기분 좋게 밝은 모습으로 수술하자. 나는 여유로운 마음이 되어 수술 준비를 하고 있던 간호사 언니에게 물었다.

"뭐 하시는 거예요?"

"아, 으응, 네가 키가 너무 커서 의자를 늘리고 있는 중이야. 여긴 어린이병원이라 너만큼 큰 환자가 눕는 것은 아마 처음일걸?"

"하하, 그래요? 제 몸속에 들어갈 것 좀 보여주시겠어요?"

간호사 언니가 어처구니없다는 표정을 지었다. 그도 그러려니와, 수술 직전의 환자가 자신에게 뭐 하냐고 말을 건네고, 자신의 몸에 들어갈 것을 보여달라니 당황할 수밖에.

"어디 있어요? 안 보여주실 거예요?"

"으으응, 아냐. 잠시만 기다려."

간호사는 이상한 환자도 다 있다는 표정을 지으며 무언가를 들고 왔다. 희고 납작하게 생긴 타원형의 물체가 보였다.

"이거란다. 너 참 특이하구나. 이런 걸 보여달라니. 후훗."

"이걸 어디에다가 넣어요?"

"배 쪽으로 찢어서 심장과 연결한단다. 그건 가슴과 윗배 중간 정도에 넣고."

"고마워요. 언니."

저것이 내 배 속으로 들어가 심장과 연결된다는 것이지……. 두려운 맘이었지만 억지로 싱긋 웃음을 지어 보였다. 그러자 수술실 사람들도 못 말리겠다는 듯이 같이 웃는다. 홍장미 선생님도 나의 이런 행동을 보고는 믿지 못하겠다는 표정이었다. 그에 나의 마음은 더욱 당당하고 우쭐해졌다.

별안간, 누군가가 기침을 했다. 그 기침 소리가 어찌나 크고 우습던지 나는 그만 푸하하 하고 큰 소리로 웃어버렸다. 내 웃음에 수술을 맡은 모든 의사 선생님들이 한꺼번에 웃는 바람에 수술실 분위기는 왁자지껄해졌다.

"자식. 내 기침 소리가 그렇게 우습더냐?"

무뚝뚝하기로 소문났다던 김 교수님이었다. 웃음의 주인공이 김 교수님이었다는 것에 함께 웃었던 의사들이 긴장하는 듯했다. 갑자기 정숙한 분위기가 되자 당황스러워졌다. 괜히 내가 웃어서 선생님들 혼나는 거 아냐? 하지만 긴장도 잠시, 무섭던 김 교수님의 입에서 웃음이 터져 나오자 다들 다시 활기 있는 모습이 되었다.

"너, 수술 끝나고 나서도 그렇게 웃어야 한다. 알았지?"

"네, 알았어요."

고개를 끄덕이며 알았다고 대꾸했다. 생기 있는 나의 모습에 김 교수님이 되었다는 듯 같이 고개를 끄덕인다. 이윽고 따끔한 고통과 함께 내 혈관 속으로 마취 주사의 차가움이 퍼지는 것을 느낀다. 금방 머리 위 라이트의 동그랗고 노란빛들이 가물가물하며 뿌옇게 흐려진다. 이제 잠들어야 하나 보구나. 난 죽지 않을 거야……. 내 심장은 멈추지 않을 거야…….

## 09

## 엄마의 편지

사랑하는 나의 딸 안지에게.

안지야, 사랑하는 나의 딸아, 엄마는 무척이나 네가 자랑스럽구나.

너의 침대를 이끌고 같이 수술 대기실로 들어가면서 엄마는 너 몰래 얼마나 울었는지 모른단다. 그리고 또 한편으로는 나의 울음으로 인해 부정 타서 우리 안지 잘못되면 어떻게 하나 하는 생각이 들더구나. 하지만 수술이 잘 끝나고 누워 있는 너의 모습을 중환자실에서 보고는 기쁨에 목이 메어 울지 않을 수가 없었단다.

네게 부정맥과 서맥이 있는 것을 안 것은 2살 때의 일이야. 그때 감기로 동네병원에 갔다가 우연히 알게 되어서 큰 병원으로 갔지. 엄마는 그때의 일이 아직도 생생하구나. 차가 없던 우리 부부는 너를 안고 지하철과 택시를 타고 부랴부랴 병원으로 달려갔지. 검사가 끝나고 결과가 나오는 그 시간 동안 교회도, 절도 다니지 않는 엄마와 아빠는 하느님과 부처님을 번갈아 찾으며 기도를 했단다.

다행히도 병원에서는 아직은 심각한 정도가 아니니 클 때까지 기다려 보자고 했었어. 그 말이 아직도 들리는 듯하구나. 얼마나 기뻐했는지 모른단다. 그때 아빠는 안지가 심장병이라면 집이라도 팔아서 고치겠다고 했었지.

너는 무럭무럭 잘 자랐단다. 학교도 잘 다니고, 공부도 잘하고, 무엇보다도 직장 일 때문에 엄마가 돌보아주지 못해서 항상 미안했는데 걱정 끼치지 않고 대견하게 커줘서 너무도 고맙구나. 그 행복한 시간 동안 우리 가족은 네 심장에 이상이 있다는 사실조차 잊을 정도가 되었어.

그런데 또 하늘이 무너지는 소리를 들었어. 수영장에 갔던 네가 쓰러졌다는 전화를 받았던 거야. 초등학교 5학년 때의 일이었지. 엄마는 너무 놀라 택시를 잡아타고 수영장으로 향했고 다행히 안지는 아무 일 없이 깨어나 있었어. 다음 날 병원에 가서 검진을 받아보니 심장 쪽에 문제가 있는 것 같다고 했지. 얼른 또 큰 병원에 가서 검진을 받으니 그때는 수술을 하라고 하더구나…….

그때 또 엄마는 밤을 새워가며 울었단다. 우리 안지 불쌍한 것. 엄마가 대신 아플 수 있다면 그러고 싶었어. 유난히 운동을 못 하고 식구끼리 등산을 가도 뒤처지는 너에게 엄마가 했던 말이 얼마나 미안했는지…….

기계를 넣는다는 말에 또 한 번 충격이 컸단다. 엄마도 안지 몸속에 기계를 넣고 싶은 마음은 아니었어. 게다가 네가 하지 않겠다고 한사코 거절하니 의사 선생님께 다시 물었지. "수술 말고는 다른 길이 없습니까."

의사 선생님은 그 방법밖에는 없다고 하셨어. 하지만 의사 선생님께서 걱정하셨던 것은 다른 것이더구나. 네가 기계를 넣었다는 생각 때문에 성격이 어두워지고 자신감을 잃을까 봐 걱정하셨던 거야. 그래서 네가 싫다면 조금만 더 두고 보자고 하셨지. 좀 더 크면 그때는 이해할 거라고.

그렇게 수술을 안 하고 병원을 나온 후에 너는 키도 커지고 몸무게도 늘고 공부해야 하는 양도 많아졌어. 2살 때의 심장은 그대로인데 심장이 할 일은 너무 많아진 거야. 너는 다른 아이들보다 더욱 힘들어했고 아플 때도 많았어. 엄마는 항상 불안했단다. 저러다가 길거리에서 쓰러져버리면 어떻게 하나, 별별 생각을 다 했단다. 밤에는 잠든 네 방으로 가서 몰래 맥박을 잡아보기도 하고 이상한 꿈을 꾸면 너부터 살피곤 했지.

결국엔 이렇게 또다시 병원을 찾게 되었어. 이제는 수술 말고는 어떻게 할 수가 없다고 하셨지. 엄마도 네 몸에 칼 대는 것 바라진 않았지만 네가 건강한 것이 네 앞으로의 삶에 더욱 도움이 된다고 생각했어. 네 말대로 5년마다 다시 수술을 해야 하고 몸에 흉한 자국이 남는다 해도, 네가 기계를 느끼면서 살아간다고 해도 네 미래와는 바꿀 수 없는 것이기 때문이지. 엄마는 네가 계속 그렇게 힘들게 생활하면서 하고 싶은 일 마음대로 못 하고 살면 너무 가슴이 아플 것 같았단다.

네가 수술실에 들어가고, 수술자 대기실에 앉아서 전광판으로 나오는 수술 상황을 보고 있었지. 네가 들어간 후 30분이 지나자 '허안지 마취 끝나고 수술 시작합니다'라고 나오더구나. 너무도 초조했단다. 그 시간은 정말 너무도 길더구나. 한 3시간이 지나자 '허안지 보호자'를 찾는 것이었어. 네가 맥이 느려서 수술 도중 심장이 멎는 사고가 발생할 수도 있다고 했었는데 그래서 부르는 것이 아닌가 하고 놀라서 달려갔지. 하지만 그곳엔 홍장미 선생님이 예쁘게 웃으며 '안지 수술 무사히 잘 끝났어요' 하고 말하며 서 있더구나. 너무도 기쁜 나머지 엄마는 홍 선생님을 끌어안고 '감사합니다'라는 말을 수없이 반복하며 울었지……. 생애 가장 기쁜 날이었단다.

어려운 결정을 하고 힘든 수술을 잘 이겨낸 우리 안지가 엄마는 정말로 자랑스럽단다. 너무 고맙고 대견하단다.

중환자실에 있는 네가 깨어나서 엄마를 찾으면 어떻게 하나 걱정이 되기도 하지만, 우리 안지 건강해져서 빨리 나올 수 있을 거라 믿어. 네가 입원실로 올라오면 또 엄마는 기뻐서 춤을 출 것 같구나.

사실 오늘은 엄마의 생일이었단다. 네 수술 때문에 엄마도 아침까지 잊고 있었어. 아빠가 미역국을 끓여두었더구나. 엄마는 오늘 세상에서 가장 값지고 귀한 선물을 받았어. 바로 안지의 건강 말이다. 이렇게 네 수술 날짜와 겹쳐져서 너무도 좋은 생일 선물을 받았구나. 안지야 고맙다.

사랑하는 내 딸 안지야, 네가 얼른 중환자실에서 나왔으면 좋겠구나. 그리고 건강한 모습으로 생활할 것을 상상해본다. 엄마는 안지를 세상에서 가장 사랑한단다.

2000년 12월 12일
엄마가

## • 10 •
## 수술이 끝나고

"아악! 아파! 아파아!"

이게 무슨 소리인가 놀라서 깨어보니 바로 내 입에서 나오는 소리였다. 아뿔싸, 수술 도중에 마취가 풀린 건가? 계속 내 입에선 알지 못하는 비명이 터져 나오고, 너무도 강한 아픔에 정신을 제대로 차릴 수가 없었다. 간호사 여러 명이 달려와서는 뭐라 뭐라 한다. 그 소리도 잘 들리지를 않는다. 한동안 나는 소리를 질러댔고, 간호사들은 이리저리 움직이며 나의 상태를 체크했다. 마취가 점점 풀리고 있는 것인지 아픔은 더해가고 정신도 말짱해진다.

"여기가 어디야! 아파! 살려줘요! 엄마!"

별별 비명을 다 질러댔다. 어디가 아픈지 정확히 느껴지지도 않는데 통증에 온몸이 배배 꼬인다. 그런데도 신기하게 마음대로 움직일 수도 없어 살펴보니 큰대자(大)로 양팔과 양다리를 침대에 묶어둔 상태였다. 꼭 무슨 동물 같다는 생각이 들었다. 다행히 수술 도중에 마취가 풀린 것은 아닌 것 같았다. 내 왼쪽 손목에는 주삿바늘이 2~3개씩 꽂혀 있고, 오른쪽 손목에는 주삿바늘을 4개 정도 꽂았다가 뺀 흔적이 있다. 한 간호사 언니가 온몸을 뒤트는 나를 보고 목 쪽에 반창고를 덧붙이는 것으로 보아 목에도 바늘을 꽂았나 보다. 산소마스크까지 씌워져 있어서 비명도 제대로 지르지를 못하겠다.

"여기 중환자실이야, 진통제 놓았으니까 조금만 참아."

"아아아 아악! 이거 풀어줘요! 제발! 아파요! 꺄악!"

"안 돼, 안 돼. 움직이면 큰일 나."

간호사 언니들이 더 꼼짝도 못 하게 묶인 내 팔다리를 세게 잡고 있었다. 통증이 어디서 오는 것인지는 모르겠지만 비명은 계속 터져 나왔고 나중에는 언니들이 잡은 팔다리까지 아파왔다. 급기야는 진통제를 하나 더 맞았고 그제야 내 입의 비명이 작아지기 시작했다.

그제야 나는 주위를 살펴보았다. 중환자실이라고 했었지……. 내가 상상했던 중환자실은 빛도 안 들어오는 감옥 같은 곳에 기계들만 즐비하게 늘어놓았을 줄 알았다. 하지만 상상과는 달리 병실과 다른 점이라고는 아기들이 마취 상태여서인지 굉장히 조용했고 환자마다 머리 위에 번호를 달고 있는 것뿐이었다.

내 비명은 작아지고 횟수도 줄어들었다. 하지만 여전히 내 입에선 앓는 소리가 난다. 내 의지와는 상관없이 나는 소리라는 것이 정말 신기했다. 수술 전에 나의 모습을 상상했을 때는 정신이 먼저 들고 몸의 마취는 나중에 풀려 드라마에서 나오는 것처럼 조용히 깨어날 줄 알았다. 그런데 우습게도 그것은 드라마일 뿐이었다. 드라마 작가들을 죽이고 싶다는 생각을 했다.

내가 누워 있어서 더 그렇게 보이는 것인지는 모르겠지만 중환자실은 끝이 안 보일 정도로 넓었다. 그 넓은 병실 안에 아기들은 하나같이 수면제를 먹였는지 쥐 죽은 듯 조용하다. 너무 조용해서 무섭다는 생각마저 들었다. 그 조용한 병실 안을 여러 명의 간호사가 이리저리 바삐 움직이며 환아들의 상태를 계속해서 체크한다.

산소마스크……. 난 평생 이런 것을 사용 안 하게 될 줄 알았다. 걸리적거리는 게 불편하다 싶어서 살짝 아래로 내려보았다. 숨쉬기는 그런대로 괜찮은 듯했지만 혹시나 하는 마음에 다시 원상태로 되돌려놓았다. 저기서 간호사 언니 하나가 다가온다.

"아까보다는 덜 아프지?"

'끄덕.'

"지금 가슴에 튜브 박아두어서 아플 거야. 한 3일은 끼우고 있어야 해."

그러고 보니 무서워서 내 수술한 곳이 어떻게 되었는지도 보지 못하고 있었다. 다행히도 반창고가 붙어 있어서 상처를 볼 수는 없었다. 그런데 그 반창고 사이로 조금 굵은 듯한 관 하나가 밖으로 연결되어 있는 것이 보였다. 이것이 간호사 언니가 말한 튜브인가 보다. 관은 네모나게 생긴 투명한 통으로 길게 연결되어 있었다. 그 투명한 통에는 피 같기는 한데 좀 분홍빛을 띤 액체가 관을 통해 흘러들고 있었다. 저것이 내 몸속에서 나온 것이라 생각하니 조금 오싹했다. 간호사 언니가 그 통을 집어 들었다.

"잠깐, 미안한데 조금 아플 거야. 참아."

그 투명한 통의 피스톤을 잡아 빼니 피 같은 액체가 주욱 하고는 관에서 끌려 나온다. 가슴에 통증이 너무 심해서 소리를 질렀다. 간호사 언니가 다 되었다고 해서 바라보니 통에는 액체가 한가득이다. 설마 저 관이 내 몸속으로 박혀 있는 것은 아니겠지······. 내가 눈으로 확인할 수 없어 잘은 모르겠지만 그러지 않기를 바랐다.

"이거 어떻게 되어 있는 거예요?"

"응. 네 폐와 폐 사이에 박혀 있는 거야."

아무렇지도 않게 대답하는 간호사 언니의 말에 소름이 돋았다. 저······ 저것이 나의 몸속에, 그것도 폐와 폐 사이에 연결되어 있다니······ 그 관이 혐오스러웠다. 학교에서 교련 책도 제대로 못 보는 나에게는 너무도 가혹한 현실이었다. 차마 눈을 뜨고 내 배를 볼 수가 없었다. 내 몸 자체가 징그럽게 느껴졌다. 하지만 어찌하겠는가. 내가 잡아 뺄 수도 없고……. 아니 그건 무서워서 더 싫다. 아…… 3일을 어떻게 기다리나. 기다리는 것도 기다리는 것이지만 도대체 이걸 빼면 그 구멍은 어떻게 되는 것일까? 그리고 뺄 때 얼마나 아플까를 생각하니 또 오싹하니 떨린다.

모니터링 기계를 바라보았다. 이제까지 링거로 겨우 65회를 유지하고 있던 나의 맥이 75회까지 뛰고 있었다. 그러나 아직은 별로 좋은 것을 못 느끼겠다. 마취하던 순간이 생각났다. 불과 1~2초 만에 필름이 끊어지는 것을 느꼈던 그 시기가 무서우리만치 생생했다. 과연 그 후엔 어떤 일이 있었을까? 만약 그 상태로 죽었다면 아예 죽음의 아픔도 기억도 없었겠구나. 심장이 멎을까 봐 걱정했었는데 이렇게 살아나게 됐다고 생각하니 다행스러웠다.

"15번 환자, 2시간 있다가 병실로 옮겨요."

어떤 의사 선생님 한 분이 날 보고 하시는 말씀이셨다. 지금 시각은 6시. 2시간 후면 8시이다. 며칠 더 있게 될 줄 알았는데 뜻밖에도 너무 빨리 올려 보낸다는 생각이 들었다. 그러나 생각해보니 지금 나의 상태는 지치고 아픈 것만 빼고는 산소마스크 없이도 숨을 쉴 수 있을 정도였다. 예전에 재범이 엄마가 했던 말이 생각났다. 중환자실에서 입원실로 가도록 결정하는 것이 산소마스크가 필요하냐 아니면 필요 없느냐에 따른 것이라는 말이었다. 내가 이렇게 건강하구나. 엄마의 기뻐하는 모습이 눈에 선했다.

"너 좋겠다. 선생님이 8시에 올려 보내래. 이젠 엄마도 보고 정말 좋겠네?"

간호사 언니가 예쁘게 웃는다. 이 병원에 와서 새삼 느끼는 것이지만 여기 간호사들의 웃음과 친절함은 환자를 낫게 하기에 충분한 힘을 가지고 있었다. 자신의 일도 아닌데 기쁘게 말해주니 고마웠다. 생각해보니 8시는 중환자실 면회 시간이라고 했다. 잘하면 엄마와 함께 병실로 올라갈 수 있겠구나. 2시간이 길게 느껴졌다. 병원에서의 시간은 언제나 느리게 가나 보다.

"안지야!"

잠시 잠이 들었던 내게 엄마 목소리가 들렸다. 눈을 떠보니 외할머니와 엄마, 동생 안리가 위생복을 입고 서 있었다. 다들 기쁜 표정이었다. 너무 반가웠다.

"엄마, 이제 곧 이동침대 올 거예요. 나 입원실로 올려 보낸대."

"어머, 그게 정말이니? 더 있어야 할 줄 알았는데."

엄마는 철없는 어린아이처럼 기뻐하셨다. 얼굴에 웃음이 가득이다. 내 손을 꼭 잡고는 자꾸만 쓰다듬으신다. 절로 감격스러우신가 보다. 침대가 병실에 도착할 때까지도 엄마는 잡은 손을 놓지 않으셨다. 외할머니에게서 느꼈던 따스함이 엄마에게서도 느껴진다. 엄마와 이렇게 가까이 있어본 것이 오랜만이라는 생각이 들었다. 서로 자기 일 때문에 바쁘다고 얼굴도 자주 못 마주쳤었는데. 나도 아픈 와중이지만 엄마를 보고 웃음을 잃지 않으려고 애썼다. 피가 담긴 통이 달그락거려서 자꾸 소름 끼쳤지만…….

"저기요…… 목마른데……."

아까부터 소리를 하도 질러서 기운이 하나도 없었다. 거기다가 목도 너무 말랐다. 물이라도 마시면 좀 살 것 같아서 간호사 언니께 말했다. 하지만 언니의 대답은 '도리도리'였다.

"아직은 안 돼. 장 기능 정상 회복될 때까지 물도 밥도 못 먹는단다."

"그럼 언제부터 먹을 수 있어요……?"

"흠…… 우선 내일 아침에 상태를 좀 보고, 의사 선생님께 여쭈어보고 그때 말해줄게."

"네에……."

저렇게 가까이 있는 물을 마실 수 없다니…… 얼른 벌컥벌컥 마시면 너무 행복할 것 같았다. 삼풍백화점 붕괴 때 구조되었던 사람들이 물 한 모금의 소중함을 깨닫게 되었다는 말이 새삼 가슴에 와닿는다. 뭐 하루 물 안 먹는다고 죽지는 않겠지만……. 그래도 괴로웠다. 내가 정말 청개구리였던 건지 마시지 말라니까 더 목이 마른 것 같았다.

"안지야, 조금만 참아라. 의사 선생님이 먹어도 된다고 하시면 네가 먹고 싶다는 것 모두 다 사 주마."

"괜찮아요……."

엄마의 걱정 어린 말에 괜찮다고 대답은 했지만 솔직히 저기 창가에 있는 오렌지 주스가 그렇게 맛있어 보일 수가 없었다. 하지만 어쩌겠는가. 의사 선생님이 나한테 나빠지라고 먹지 말라는 것은 아니니까 참고 기다리는 수밖에. 먹고서 토하면 까딱하다가는 음식물이 폐로 흘러 들어가 큰일이 일어날 수 있다는 것을 나도 잘 알고 있기 때문에 어쩔 수 없었다.

"안지야 엄마 오늘 여기서 같이 잘까?"

"응……."

"그래. 오늘은 엄마 여기서 잘게. 할머니 들어가시라고 하고……."

"고마워요, 엄마."

엄마가 힘드실 것은 알고 있었지만 함께 있고 싶었다. 왠지 엄마가 있으면 더 편하게 잠을 잘 수 있을 것 같았다. 게다가 몸이 아파서인지 오늘만은 엄마가 나를 돌보아주셨으면 하는 마음이 들었다. 엄마가 있다는 생각을 하니 긴장이 풀렸는지 온몸에 힘이 쭉 빠지고 나른해진다. 목이 마른 것을 잊기 위해 잠을 청하기로 했다. 단지 배를 조금 열었던 것뿐인데 너무나도 피곤하다. 나를 내려다보고 있는 엄마의 얼굴을 확인하고는 눈을 감았다. 아팠지만 너무나도 편안하게 꿈나라로 빠져들 수 있었다…….

## · 11 ·
## 수술 다음 날 아침

다시 아침이다. 병실에서의 아침은 언제나 힘들었다. 아침부터 피 뽑으랴, 몸무게 재랴 아픈 몸을 이끌고 노동을 하고는 침대 위로 올라와 다시 늦잠을 자는 것이 나의 병실 일상이었다. 오늘도 역시나 '동 5병동 환아들 몸무게 재러 나오세요' 하는 스피커 소리에 깜짝 놀라 잠을 깼다. 항상 피 뽑을 때 안 깨면 스피커 소리에 깬다. 수술 다음 날인데 설마 몸무게 재라고는 안 하겠지.

어젯밤엔 아파서 잠을 못 잘 줄 알았는데 피곤 때문에 다른 날보다 훨씬 더 잘 잤다. 그래서 한번 깨니 졸음은 더 이상 오지를 않는다. 배 쪽의 통증도 아예 없다. 잠자다가 깨서 그런 것인지 아니면 같은 자세로 오랫동안 가만히 있어서 통증을 잊은 것인지는 모르겠다. 조금 시간이 지나니 화장실이 가고 싶어졌다. 어떻게 하지? 몸을 일으키고 싶은데 그러려면 배에 힘을 주어야 했다. 살짝 힘을 주어보았다. 역시 절망적인 통증이 느껴진다.

"할매, 할매."

"으으응? 왜 그랴?"

"나 화장실 가고 싶은데…… 못 일어나겠어요."

"여기 환자용 소변기에다가 누워서 혀. 할매가 혀줄게."

"아잉…… 싫은데……."

"그럼 어뜨캬. 못 일어나자녀. 그냥 누워서 혀."

 너무 싫었다. 지금 안 그래도 한창 민감할 나이인데 누워서 소변을 보라니. 창피해서 미칠 것 같았다. 게다가 나는 결벽증이 좀 있어서 병원에 와서도 아무리 몸이 불편해도 하루에 한 번 꼭 머리를 감았다. 그런 나인지라 남에게 나의 소변을 받아내게 하고 싶지는 않았다. 결국엔 외할머니랑 옥신각신하다가 일어나서 화장실에 가기로 했다. 사람들이 마구 말렸지만 나의 고집은 완고했다. 내가 배에 힘을 줄 수가 없어서 외할머니가 내 등 쪽에 손을 넣고 일으켜주셨다. 갑자기 배 근육이 수축되니 눈물이 다 날 지경이었다.

"으윽."

"그러니까 누워서 하라잖여. 할매가 해줄 테니."

"아니에요. 괜찮아요."

고통에 표정이 일그러졌지만 설마 수술 부위가 터지겠냐는 생각에 죽을힘을 다해서 일어섰다. 운 좋게도 내 침대와 화장실은 5발짝만 가면 되는 거리였다. 그 짧은 거리를 가려고 다리를 한 발짝씩 뗄 때마다 배 근육이 땅겨왔다. 가까스로 화장실에 당도하여 볼일을 보고 일어서는 순간, 어지러움. 나는 '하늘이 노랗게 보인다'는 소리가 사실이라는 것을 처음 알았다. 신기해서 잠시 아픈 것을 잊을 정도로 정말 모든 세상이 노랗게 보였다. 그 어지러움에 피가 머리 쪽으로 몰리자 귀 쪽이 뜨거워지는 느낌이 들었다. '화끈화끈'에 '노란 세상'이라니. 돌아버리겠다는 말을 바로 이럴 때 써야겠다고 생각했다.

화장실 한 번 갔다 오는 데 거의 20분이라는 시간을 소비했는데, 내가 나오자마자 기다렸다는 듯이 간호사 언니가 다가온다.

"내가 너 나오길 기다렸지. 안지 몸무게 재러 가자."

"네? 어떻게 가요. 저 아파서 정말 못 가겠어요."

"이왕 일어난 거 몸무게 재러 가자. 휠체어 타고 가서 잠깐만 일어서면 되지."

"으으윽."

간호사 언니의 무지막지함에 이끌려 휠체어를 타고 간호사실까지 가서 부들부들 떨리는 다리에 배를 움켜쥐고 체중계에 올랐다. 이제 끝이다, 쉬러 가자 하고 생각하는데 또 괴로운 소리를 들었다.

"안지 엑스레이 찍으러 가야지?"

"네?"

"수술 다음 날은 엑스레이 꼭 찍어야 된단다. 힘들어도 휠체어 타고 잠시 다녀와."

결국 나는 엑스레이까지 다 찍고 나서야 침대 위로 오를 수 있었다. 침대 위에 눕는 것도 평탄하지 않았다. 누우려면 또 배에 힘을 줘야 했기 때문에. 할 수 없이 침대 등받이를 최대한으로 올린 다음, 내가 앉아서 기댄 자세로 등받이의 각도를 조금씩 떨어뜨려 간신히 누울 수 있었다.

재범이가 쓰던 옆 침대에는 새로운 꼬마 손님이 와 있다. 얼굴도 하얗고 눈도 똘망똘망하다. 게다가 조막만 한 머리통에 노란 꽁지머리도 있다. 엄마가 신세대인가 보다. 엄마보다 아들이 더 예쁘다. 외할머니께서도 저 아이 예쁘게 생겼다며 말을 거셨다.

"아기가 몇 살이우?"

"이제 4살 되었어요. 생일이 12월이에요."

"아기 어디가 아파서 데리구 왔수?"

"심장 쪽은 아닌데 흉부외과 쪽이라 이리로 왔어요. 횡격막이 너무 얇아서 위아래로 움직이질 못한데요. 그래서 폐가 위쪽으로 딸려 올라가서 자라질 않는다고 횡격막을 두껍게 주름을 잡아서 평생 실로 묶어놓아야 한대요."

"거 또 희한한 병이구랴. 난 여기 와서 별 희한한 병명도 많이 알구 가우."

"저희는 오늘 바로 수술 들어가요. 근데 애는 횡격막 건드리면 근육 절개를 해야 해서 더 아플 거라고…… 걱정이네요."

"그래 중환자실에는 며칠 있는다구 그러우?"

"애는 심장 쪽이 아니라서 중환자실 안 가요."

"그랴? 우리 안지는 심장 쪽인데 수술한 날 바로 중환자실에서 건강하게 올라왔다우."

엄마나 할머니나 내가 수술한 날 바로 병실로 올라온 것에 대해 큰 자부심을 가지고 계셔서 어딜 가나 그 자랑이시다. 솔직히 나는 다른 환자들에 비해 너무 빨리 올라와서 창피한데 말이다. 아기의 이름은 동현이라고 했다. 동현이를 보니 안리 아래로 있는 늦둥이 동생 안욱이 생각이 났다. 4살이면 안욱이와 동갑인데. 갑자기 안욱이와 안리가 너무 보고 싶었다.

"할매, 안리랑 안욱이 보고 싶은데."

"그랴? 그럼 이따가 엄마 퇴근하는 길에 데리고 오라고 허지."

동현이는 얼마 안 있어서 수술을 하러 갔다. 한 2시간이 지나자 동현이를 태운 이동침대가 병실에 도착했다. 얼마나 아플까 하는 마음에 동현이를 바라보았다. 그런데 신기하게도 동현이는 아프다는 말 한마디, 비명조차 없었다. 마취가 덜 깨어났나? 수면제를 먹인 건가? 그런데 둘 다 아닌 모양이었다. 아이는 천천히 눈을 끔뻑이며 깨어나 있었다. 어떻게 저럴 수가 있지? 진통제를 많이 맞았나? 나도 수술을 겪은 사람이기 때문에 얼마나 아픈 줄을 잘 알고 있었다. 게다가 저 아이는 폐 쪽 수술이라 근육을 절개해서 더 아프다는데…….

"동현이 아파?"

'끄덕.'

"조금만 참아. 알겠지 동현아?"

'끄덕끄덕.'

아이는 엄마의 물음에 말은 한마디도 하지 않고 고개만 끄덕였다. 정말 희한한 광경이었다. 이제까지 수술 환자를 많이 보아왔지만 저렇게 입 꾹 다물고 아프다는 소리 한마디도 없는 아이는 처음이었다. 정말 이해가 안 되었다. 나는 내 의지와는 상관없이 비명이 나올 정도였는데.

"아기가 아프다는 소리도 안 하네요. 착한가 보다."

"워낙 아프면 한마디도 안 해요. 저도 그렇고 남편도 그런데 아들이라 닮은 건지…… 아프면 찍소리도 없거든요."

"어머, 어쩜 그럴 수가 있지? 신기해 죽겠어요. 칭얼거리지도 않고 너무 착하다."

"저는 속상해요. 차라리 아프다고 짜증 부리면 덜 불쌍할 텐데 이렇게 한마디도 없이 지 혼자 참는 거 보면……."

"그것도 그렇겠네요. 어쩜……."

연신 내는 나의 감탄사에 아픔을 힘들게 참고 있을 아이는 살짝살짝 곁눈질로 훔쳐본다. 저게 애야, 어른이야? 버텨내지 못하고 비명을 질러댄 내가 한심스러웠다. 아무튼 여기 와서 나보다 어린 아기들한테 배운 것이 너무 많은 것 같다. 아기들보다도 못한 나 자신이 부끄러웠다.

동현이는 시간이 지나도 아무 말이 없다. 동현 엄마 말대로 다른 아이들처럼 투정이라도 부리면 덜 불쌍할 것 같았다. 아픔을 참고 있는지 동그란 눈이 더 동그래진 채 인상을 쓰고 있었다. 정말 측은해 보였다.

"엄마, 나 물."

"현아, 의사 선생님이 먹으면 토한다고 아직 주지 말래."

"그럼 물로 입 좀 닦아줘."

정말 놀랍다는 말밖에는 할 말이 없다. 4살이면 물 달라고 징징거리며 울 나이인데. 막냇동생 안욱이 생각이 났다. 안욱이라면 그 기차 화통 같은 울음으로 병실을 기죽게 했겠지. 그런데 저 아이는 안 된다니까 입을 조금만 축여달란다. 어떻게 아이가 저럴 수가 있을까. 정말 의젓하다. 하는 행동들이 점점 마음에 든다. 재범이가 간 대신 또 다른 좋은 병실 친구가 생길 것 같다.

# · 12 ·
## 빠른 회복

3일밖에 안 지났는데도 나의 상태는 하루하루가 다르게 좋아져갔다. 의사 선생님, 병실 사람들이 다 놀랄 정도로. 마음을 편하게 먹어서인지 무엇인지는 잘 모르겠지만 아무튼 나는 너무도 빨리 호전되고 있었다. 나도 급속도로 나아가고 있는 내가 신기했다. 아무튼 이제는 링거도 다 빼고 밥도 내가 혼자 먹는다. 조금은 힘들지만 모든 행동을 혼자 할 수 있다는 것이 좋았다.

"어머 안지야! 너 걷는 거니?"

"아, 네에. 그냥 좀 운동 좀······."

"안지 이제 다 나았나 보다? 후후후. 다음엔 더 빨리 걷기다. 언니 앞 다 지나가는 데 30분 걸리겠다. 후후후."

간호사실 옆을 지나가니 간호사들이 반가워한다. 지금의 나는 아주 천천히 걷긴 하지만 나름대로 잘 걷고 있다. 아직 배가 아파서 허리도 구부정하고 할아버지가 얼음판 걷듯 그렇게 걷고는 있지만 나도 내가 대견스러웠다.

"동현아, 저기 누나다."

동현이도 운동을 하러 나왔나 보다. 나는 튜브가 1개인데 동현이는 폐 쪽 수술이기 때문에 이물질이 많이 나온다고 2개를 꽂고 있었다. 사실 수술 시간 하루 차이긴 하지만 그 차이가 엄청난 것이기 때문에 나는 어제의 아픔을 기억한다. 동현이는 나보다 하루 늦게 수술을 받아서 아직 이틀밖에 안 지났다. 그런데도 불구하고 동현 엄마는 운동을 해야 한다며 아프다는 아이를 끌고 나왔나 보다. 억척스럽긴. 아차, 동현이 어제도 밥 못 먹었는데?

"동현이 밥은 먹었어요? 의사 선생님이 뭐래요?"

"아직도 가스가 안 나와서 주지 말래요. 애한테 미안해서 죽겠어요."

"그럼 힘도 없을 텐데 왜 이렇게 운동을 시켜요. 쉬게 하지."

"운동을 시켜야지 장이 제자리로 빨리 돌아온대요. 그리고 애가 목이 말라서 잘 때 자꾸 물을 찾는데 운동이라도 시키면 지쳐서 자니까……."

말꼬리가 흐려진다. 억척스럽게 운동을 시키면서도 가슴이 아픈 모양이다. 당연하겠지. 기분이 좋을 리 없다는 것을 안다. 동현 엄마도 동현이처럼 이틀을 굶고 있었다. 동현이는 링거 때문에 좀 낫겠지만 저러다가 엄마가 병나는 것은 아닌지 걱정이 되었다.

"아줌마라도 뭐 좀 드세요. 그러시다가 아줌마가 병나면 동현이 누가 돌보겠어요."

"네에……. 하지만 애가 못 먹으니 저도 먹고 싶질 않아요. 먹으면 토해버릴 것 같아요. 미안해서 어떻게 먹어요……."

"저런…… 동현이 내일이면 가스 나올 거예요. 걱정 마세요. 이렇게 열심히 운동하니까 꼭 나올 거예요."

동현이는 무진장 지친 모습이었다. 그런데도 엄마가 운동하러 나가자면 싫다는 말 한마디 없이 따라나선다. 가끔 '나 좀 아파' 하고 말하긴 하지만 운동할 때도 아프다는 소리 한마디 없이 병원 복도를 몇 바퀴씩 돈다. 목도 마르고 밥 못 먹어서 힘도 들 텐데…… 정말 차라리 짜증 내고 칭얼거리기라도 하면 덜 불쌍할 텐데. 모질게도 참고 있는 모양이다. 측은하기도 하고 대견하기도 하다.

"안지, 여기까지 나온 김에 튜브 빼고 가자."

"네? 이…… 이걸 빼다고요?"

"그럼 안 빼고 살 거야? 얼른 빼야 흉터가 안 남지······."

물론 이걸 달고 살 수는 없지만, 그리고 빼는 것에 대한 두려움은 막연히 있었지만 갑자기 말하시는 의사 선생님 때문에 몹시도 당황스럽고 두려웠다.

"어서 빼자. 이리로 들어와라."

"저, 저 잠시만······."

의사 선생님께 이끌려 간호사실의 빈 치료실로 들어갔다. 이 튜브 내 폐 사이에 박혀 있다고 했는데······ 3일 동안 그런대로 튜브에 대한 혐오감을 잊었었다. 하지만 이 순간 원망과 혐오가 교차하며 나를 울린다. 의사 선생님이 빨리 침대에 누우란다. 아직 배가 아팠기 때문에 천천히 기대서 누워야 했는데 마침 옆에 계셨던 외할머니께서 어딜 가셨는지 안 보이신다. 천천히 내가 내 힘으로 누워보려고 안간힘을 썼다. 하지만 배 쪽 상처만 아플 뿐이다. 도저히 누울 수가 없다. 그렇게 한참을 '어떻게 해야 덜 아프게 누울까' 때문에 이렇게 저렇게 포즈만 취했다. 의사 선생님이 답답하셨는지 당신이 외할머니 대신 눕혀주시려고 시도하셨지만 결과는 꽝이었다.

"에이, 그러다가 날밤 새우겠다. 차라리 그냥 한번 아프고 말자."

이 말이 떨어지기가 무섭게 그냥 나를 팍하고 눕혀버렸다. 그 순간의 통증을 말로 표현하자면…… 뭐라고 해야 할지 모르겠다. 아무튼 너무 아파서 간지럽기까지 하다. 그렇게 울상인 나를 두고 튜브 뽑기는 진행되었다. 내 배를 내가 볼 수 없어서 다행이다. 그냥 느낌뿐인데도 섬뜩한 것을. 톡톡 두 가닥 정도의 실밥을 끊었다. 그러고는 나보고 숨을 크게 쉬란다. 두려움, 두려움…… 의사 선생님이 순식간에 그걸 쭈욱 뽑아냈다. 아악! 이제까지는 느끼지 못했던 가슴속에서의 통증이 느껴진다. 그도 그럴 것이 3일이나 나와 한 몸이었지 않은가. 뽑고 나서의 그 허전한 아픔…… 뽑힌 구멍은 어떻게 되는 거지? 의사 선생님이 실밥 하나를 쭈욱 당기더니 그걸 묶어버린다. 아, 저렇게 하는 것이었군. 내가 안 봐서 잘은 모르지만 구멍은 잘 막힌 것 같았다. 튜브 뽑고 남은 통증 때문에 구멍 막을 때는 아픈 것도 안 느껴졌다. 아무튼 뽑고 나니 후련하긴 하다.

일어날 때 또 의사 선생님의 '한번 아프고 말자' 때문에 죽는 줄 알았다.

"속이 울렁거리거나 토하거나 한 것은 없니?"

나의 우상 홍장미 선생님의 병실 직접 방문이다.

"네. 그냥 좀 덜 먹긴 해요. 한 공기의 4분의 1?"

"아이고, 4분의 1두 안 먹어유. 주스 같은 거나 먹구."

이왕이면 홍 선생님 앞인데 잘 먹는다고 해주시지. 외할머니도 참. 하긴, 요즘 먹는 것이 좀 불편했다. 배설도 제대로 안 되는 것 같고 속이 좀 더부룩한 게 갑갑하다.

"아마 좀 속이 불편할 거야. 배 속에 몸이 아닌 이물질이 들어간 것이니까. 제대로 자리를 잡아야지 괜찮을 거야. 갓난아기들은 이 수술 하고 나면 불편해서 다 토하고 그러거든."

"언제쯤 나아져요?"

"흠…… 글쎄. 안지 회복 속도로 봐서는 한 2~3주?"

"그럼 그동안 이렇게 밥 잘 못 먹어요?"

"살도 빠지고 좋지 뭘 그래? 후훗, 돈 주고도 다이어트하는 시댄데."

홍 선생님이 처음으로 조금 야속했다. 내 의지로 운동해서 빼면 상관이 없겠는데 아파서 밥 못 먹고 빠지는 것은 내가 생각해도 불쌍하다. 뭐 그래도 낫는다니 다행이지. 얼른 먹고 싶은 거 배 터지게 먹고 싶다. 지금 배 터지게 먹으면 정말 배가 터질 테지만.

동현이는 지쳤는지 낮잠을 자고 있다. 물 한 모금도 먹질 않아서 링거의 힘으로만 버티고 있다. 운동을 해야 장이 제자리로 간다고 엄마가 악착스럽게 운동을 시키는데도 별 효과가 없나 보다. 나도 무척이나 걱정이 되었다. 옆 침대에서 나는 먹을 거 다 먹고 있는데 내 먹는 모습을 보면서 얼마나 힘들었을까? 저러다가 가스 계속 안 나오면 애 병나는 거 아냐?

"동현이 빨리 가스 나와야 할 텐데."

"그러게 말이에요. 뭐라도 먹였으면 좋겠어요. 속상해서……."

"걱정 말아요. 이제 금방 나오겠죠. 내일이면 밥 먹을 수 있을 거예요."

"제발 그랬으면 좋겠어요. 내일도 가스 안 나오면 어떻게 해요……."

드디어 억척스럽던 동현 엄마의 큰 눈에서 눈물이 방울방울 맺혀 떨어진다. 우리 엄마 우는 것을 보는 것처럼 나의 가슴 한쪽도 저며왔다. 자는 동현이의 얼굴을 쓰다듬고 또 쓰다듬으면서 계속해서 눈물을 흘린다. 나도 뭐 해줄 말이 없을까 했지만 가만히 지켜보는 것이 나을 듯싶었다. 달래어주다가 더 큰 울음이 터지면 나도 울어버릴 것 같으니까. 아줌마라도 뭘 좀 드셨으면 좋겠는데 그렇질 않아 속상하다. 아줌마의 벌게진 얼굴이 눈물에 번들거린다.

동현이의 병실에서의 낙이라면 내가 핸드폰을 사용하는 것과 같이 케이블 티브이 만화 채널 시청을 하는 것이다. 그동안만은 동현이의 표정이 피었다. 동현이는 수술하고 나서는 말이 없어졌다. 아파서 그러는 것인지는 모르지만 대화를 좀 해보았으면 좋겠는데 안타까웠다. 그 안타까움을 대신해서 가끔 내가 티브이에 동전을 넣어주기도 했다. 티브이를 보면서 웃지는 않았지만 찡그리는 것이 없어져서 한결 나아 보였다. 자꾸 동생 안욱이 생각이 났다.

"안지 기침했니?"

"아뇨. 왜요?"

"가래가 있으니까 기침을 해줘야 해. 좀 힘들어도 기침하자."

"네? 저 가래 없는데요?"

"없긴 왜 없어. 너무 속에 있어서 네가 모르는 거야. 힘들어도 기침 좀 해봐. 알겠지?"

간호사 언니의 말에 내 목을 살폈다. 가래 없는 것 같은데. 아니다. 혹시 나올지도 모르니까. 약간 몸을 일으켜서 살짝 기침을 해보았다. 그 기침에 자극이 되었는지 갑자기 많은 기침들이 쏟아져 나왔다. 기침이 멈출 줄을 몰라 아픈 배를 꽈악 움켜잡아야만 했다. 그러기를 잠시, 속에서부터 이상한 것이 위로 올라오는 듯싶더니 이윽고 입 밖으로 빠져 나왔다. 정말 많은 양의 가래였다. 기침을 끝낸 후로는 꺼낸 티슈가 몇 장인지 셀 수가 없었다.

"아이고, 잘한다. 안지 잘하네. 옳지."

간호사 언니는 마취를 하고 나면 몸속에 많은 양의 가래가 생기는 것이 당연하다고 했다. 내가 기침할 동안 간호사 언니는 소아 병동답게 아기를 칭찬하듯 계속 박수를 쳐대었다. 그 유치한 칭찬에 왜 내 가슴이 우쭐해지는 것인지. 정말 여기 와서 아기가 다 되었나 보다. 아무튼 기침도 하고 튜브도 **빼내고** 하니 속이 후련하다. 아니 허전하다……. 그러고 보니 배가 좀 고픈 것 같다. 또 좋아하는 바나나 우유를 사러 2층에 내려가봐야겠다. 물론 혼자서 말이다.

• 13 •
## 가스 때문에 기뻤던 날

몸이 나아지긴 한 것 같은데 여전히 속이 안 좋다. 변비 걸린 것 같이 배가 뽈록이다. 하도 한심해서 화장실에서 혼자 거울에 배를 비추어보았다. 그렇게나 날씬하던 나의 허리는 온데간데없고 꼭 임신 몇 개월 된 아줌마처럼 배가 불룩한 게 속옷 아래로도 살이 접혔다. 무수히 말했지만 '이 민감할 나이'에 그런 내 꼴을 바라보니 가슴이 철렁 내려앉고 답답하고 허하다. 꼭 내 모습이 살찐 올챙이 같다. 얼마나 자신 있어 하던 몸매인데 이렇게 변하다니! 영원히 이렇게 살아야 한다면…… 끔찍하다.

링거에 피가 역류했다. 간호사 언니께 말했더니 식염수를 놓아 피가 들어가게 해주었다. 주사를 놓던 언니가 평소 때와는 다른 내 표정을 보더니 이상하다는 듯이 묻는다.

"안지 또 왜 그런 거야? 요즘 몸도 많이 나아진 것 같은데."

"네…… 많이 나아졌어요."

"그런데 표정이 왜 그래? 아파? 진통제 놓아줄까?"

"아뇨…… 그냥…… 언니…… 저기……. 배가…… 너무 뽈록해요……."

"어디 보자."

말하기가 좀 부끄러웠다. 하지만 내게는 그것이 굉장한 문제인걸? 아마 계속 그런 상태로 있어야 한다면 또 죽고 싶다느니 할 것 같다. 다른 사람들이 생각하기엔 '배 나온 것 가지고 그러냐. 옷으로 감추면 되지' 할지 몰라도 내 성격에 '왜 감추어야 하나' 하고 의문을 던질 것이다.

"흠…… 아직 부기가 덜 빠져서 그런 거야. 그리고 배 속에 가스가 차 있어."

"가스요? 왜요?"

"그 수술 하면 원래 그래. 가스 차고 속 안 좋고. 장이 제자리 잡으면 원상 복귀되니까 걱정 마."

"이거 꼭 임산부 같아요."

"야! 그렇게 날씬한 임산부도 있냐? 진짜 임산부 불러줄까?"

간호사 언니가 찡긋하며 짓궂은 웃음을 짓는다. 그래도 별로 달갑지가 않다. 얼른 가스가 나와야 할 텐데 배 속이 부글거리거나 한 것이 없는 것으로 보아 장 대신 가스가 자리 잡고 정착해 있나 하는 생각이 들었다. 아무튼 빨리 빠질 것 같지는 않았다.

"안지야, 밥 먹어라."

"할매, 저 안 먹을래요."

병실 안에서 뒹굴뒹굴 먹고 자고만 매일 해서 살이 다 배로 간 게 아닐까? 그런 생각이 드니 밥을 먹어서는 안 되겠다는 강박관념이 생겼다. 또 먹으면 더 찔 거야. 그렇게 찐 몸으로 어떻게 돌아다녀…….

"으이구, 철딱서니하구는. 저 봐라 동현이는 아직두 밥 못 먹자녀."

그 소리를 들으니 뜨끔하다. 여전히 동현이는 굶고 있다. 나까지 안타까운 심정으로 바라보건만 여전히 가스가 나오질 않는 모양이다. 동현 엄마 역시도 밥을 먹지 않고 있어 저러다가 모자가 함께 병이 걸릴 것만 같다. 사흘째 굶다니, 밥이 없어서라면 모르겠는데 할 수 없이 굶는 거라 더 속이 상한 모양이다. 내 병실 식사에 맛있는 것이 나오면 동현이는 동그란 눈으로 빤히 쳐다본다. 하지만 여전히 달라고 보채지도 않는다. 동현이가 보고 있으면 죄책감이 들어서 밥도 잘 안 넘어가는 것 같다.

"동현이 안 아프니?"

'끄덕.'

"수술한 데 안 아파?"

'끄덕.'

"다른 아픈 데는 없어?"

"배 아파."

"배? 배가 왜 아플까?"

 수술한 데는 안 아프고 배가 아프단다. 뭐 잘못된 것이 아닌가 걱정이 되었다. 동현 엄마는 애가 배가 아프다는 소리를 들으니 뵈는 것이 없는 모양이다. 혹 못 먹어서 탈이 난 것은 아닌지…… 얼른 간호사실로 달려간다.

"의사 선생님이 뭐래요?"

"선생님 수술 들어가셔서 못 뵈었어요. 너무 바쁘셔서 뵙지를 못하네요. 동현이 이야기 좀 했으면 좋겠는데…… 물어보고 음식도 먹이고 싶고."

"선생님 오시면 얼른 여쭈어봐요. 탈 난 거면 어떻게 해요."

"그러게 말이에요. 빨리 뵈었으면 좋겠는데……."

동현이는 자꾸 배가 아프다고 했다. 잠깐잠깐 티브이를 볼 때만 빼고 얼굴엔 울상이 가득이다. 동현 엄마는 배를 열심히 문질러주기도 하고, 따뜻하게 수건을 덮어주기도 하며 정성을 다해 간호했다. 하지만 여전히 배 아픈 것이 나아지지를 않나 보다.

"우리 동현이 어떻게 해……. 의사 선생님은 왜 이렇게 안 오시는 거야……."

동현 엄마는 울고 싶은 표정이다. 눈이 빨갛게 변하고 조급함에 입술이 살짝 경련을 일으킨다. 아픈 아들 앞에서 울지 않으려고 부단히 노력 중이다. 하지만 모질게 참고 있는데도 눈물이 그렁그렁 고였다.

"엄마 울어?"

"아니, 엄마 눈에 뭐가 들어가서 그래. 아, 하품해서 그래."

"안 울어?"

"그럼, 엄마가 왜 울어."

네 살배기 꼬마도 엄마가 우는 것을 보니 마음이 아픈 모양이다. 아니라고 둘러대는 동현 엄마마저 측은하다. 꼭 드라마틱한데, 눈물 없이는 볼 수 없는 광경이라고 해도 되겠다. 하필이면 담당 의사 선생님이 매우 바쁘신 분이어서 자주 뵙지를 못했다고 한다. 뭐라도 물어봐야 마음이 놓이겠는데 뵙지를 못하고 가스 나올 때만 기다리고 있으니 타는 속이 오죽하겠는가. 간호사들에게 물어도 그들에게는 이래라저래라 할 권한도 없고 답해줄 처지도 아니었다. 이제 동현 엄마는 넋이 나간 표정으로 계속해서 동현이 배를 쓰다듬을 뿐이다.

"아가."

어떤 머리가 하얗게 센 구부정하고 조그만 할아버지가 병실로 들어서며 동현 엄마를 불렀다.

"어머, 아버님. 여기까지 오셨어요."

"동현이가 아프다는데 와야지 그럼. 아가, 너도 뭣 좀 먹어야지."

"아니에요, 아버님. 전 괜찮아요."

"아니다. 네가 건강해야 동현이도 건강한 게야. 얼른 먹어라. 시아비가 싸 온 저녁밥을 안 먹지는 않겠지?"

"아버님……."

동현 엄마는 목이 메어 말을 못 잇는다. 그분이 동현이의 할아버지인가 보다. 동현이는 할아버지가 사 준 장난감 자동차 선물에 아픈 것도 잊었는지 함박웃음이다. 동현이의 작은 손이 이리저리 컨트롤러를 조정하며 병실 안을 장난감 자동차 경기장으로 만든다. 그제야 동현 엄마는 비어 있던 속에 밥을 채워 넣는다. 할아버지는 '그래그래' 하며 고개를 가끔 끄덕끄덕하신다.

"현아."

"네?"

"빨리 나을 수 있지? 동현이 방귀 뽕 뀌면 할아버지가 김밥이랑 떡볶이랑 사 줄게."

"우와! 김밥! 정말요?"

동현이는 참 천진하다. 다른 아이들 같으면 피자, 탕수육 등 비싼 음식 고급 음식만 찾을 텐데 자기는 김밥이랑 떡볶이가 제일 좋단다. 나도 커서 저런 아들이나 낳아야지……. 저렇게 착한 아들을 둔 동현 엄마가 참으로 부러웠다. 동현이는 장난감 자동차 때문인지, 할아버지를 봐선지 배 아픈 게 사라졌다고 했다. 그냥 자동차 경주에 열중이다. 역시 아이는 아이구나. 어른처럼 말없이 묵묵히 있던 동현의 모습이 떠오르면서 웃음이 나왔다.

"뿌우웅."

갑자기 가죽 찢어지는 듯한 소리가 났다. 동현 엄마가 놀라 하던 일을 멈추고, 나도 병실 사람들도 모두 모션 스톱이 되었다. 이게 무슨 소리지? 뭔가 반가운 소리……? 아! 가스!

"현아, 혹시 방귀 뀌었니?"

동현이가 얼떨떨한 표정으로 고개를 끄덕인다. 잠시 동현 엄마가 멍해졌다.

"동현이, 방귀 뀐 거 맞지?"

'끄덕.'

그제야 동현 엄마의 얼굴은 환희에 찬 표정으로 바뀌고, 할아버지는 간호사실로 달려가셨다. 병실 사람들도 함께 기뻐하며 웃었다. 아, 가스 하나가 이렇게 많은 사람에게 기쁨을 줄 줄이야. 동현 엄마의 얼굴을 보니 엄마 생각이 나는 것은 왜일까? 내가 저 상황이었다면 엄마는 정말로 날 듯이 기뻐했겠지? 가스가 나오려고 배가 아팠었나 보다.

동현이 이젠 내일부터 밥 먹을 수 있겠구나. 축하한다! 정말 방귀 때문에 기쁜 날이었다.

· 14 ·
## 악마의 눈물이 내리던 날

그날의 일을 남기려 한다. 그날…… 그 무섭고도 슬펐던 기억 속의 일을 이제는 꺼내려 한다. 모두 살아나갈 수 있을 것 같았던 그 병실에서 제대로 피워보지도 못하고 시들어버린 순수하고 깨끗한 두 영혼을 위해 기도한다. 만약 다음 생이 있다면……. 그땐 우리…… 아프지 말자……. 제발…….

그날은 하루 종일 비가 추적추적 내렸다. 매일매일 날씨가 춥기는 했어도 햇볕은 쨍쨍했었는데 그날의 날씨는 정말 음산하기 짝이 없었다. 그냥 비만 오는 것이 아니라 습한 기운과 함께 어둑어둑해서 불쾌지수가 상당했다. 밖은 어두워 잘 보이지도 않았고 가끔가다 천둥도 치는 모양이었다. 아무튼 기분이 그리 좋지 않은 날임에는 틀림없었다.

나와 같은 날에 나보다 먼저 수술을 받았던 상혁이 엄마께서 우리 병실에 놀러 오셨다. 상혁이가 워낙 잘 우는지라 병실에 피해가 될까 봐

일부러 상혁이를 2인실로 옮겼다고 했다. 엄마 팔에 안긴 상혁이는 나를 알아보고는 반가워한다. 이젠 상혁이도 별로 아프지는 않은 듯 건강해 보였다. 하지만 어려서인지 아직 튜브를 빼지 않고 있었다. 상혁이도 튜브가 2개나 되어서 그것을 혐오스러워하는 나는 그것이 흔들릴 때마다 오싹함에 떨었다. 정작 상혁이는 그런 것을 아는지 모르는지 큰 눈만 이리저리 굴린다.

"오늘은 비가 오네요. 매일 날씨 좋았었는데……."

"오늘은 어째 기분이 이상허구먼유. 어두컴컴해가지구 교통사고도 많이 날 것 같네유."

외할머니와 상혁 엄마는 대화를 하시고 나는 상혁이와 놀고 있었다. 상혁이를 처음 본 동현이는 여전히 말없이 빤히 바라보기만 한다. 상혁이는 눈이 왕방울만 해서 겁이 무척이나 많아 보였다. 실제로도 울음이 많았고 그 큰 눈에서 눈물이 방울방울 맺혀 떨어질 때면 사람들은 왠지 모르게 미안해져서는 얼른 달래주곤 했다.

동현이 옆 침대의 환아가 나가고 새로운 환아가 들어온다고 했다. 그런데 정작 환아는 없고 부모로 보이는 중년의 두 사람과 커다란 여러 개의 짐만 병실로 들어온다. 그것이 의아해 보였는지 동현 엄마가 물었다.

"어머, 아기는 없고 짐만 오네? 아기 어디 있어요?"

"아기는 중환자실에 있어요. 나중에 깨어나면 옮겨주신대요."

머리가 곱슬곱슬한 키 작은 중년의 부인이 살짝 웃으며 말했다. 피곤한 데다가 별로 웃고 싶지는 않은 눈치였지만. 그런데 별안간 상혁이가 그 내외를 보더니 마구 울기 시작했다. 두 내외는 자신들이 무얼 잘못했나 해서 당황하였고 다급해진 상혁 엄마는 자신의 병실이 아닌 곳에서 소란 피우게 될까 미안했는지 상혁이를 얼른 안아 들었다.

"어머머 얘가 왜 이러지? 얘 낯가림 안 하는데."

"애가 졸린가 봐요. 배고픈가? 동현이 우유 있는데 드릴까요?"

"아니에요, 괜찮아요. 실례했어요. 나중에 또 놀러 올게요."

상혁 엄마는 미안한 표정으로 아이를 안고서 서둘러 나가버렸다. 두 내외는 아직도 영문을 모르겠다는 표정으로 서 있다. 자신들이 잘못한 것은 없지만 그냥 왠지 모르게 어색했나 보다. 아니, 좀 피곤한 것 같았다. 날씨 탓인지 그늘져 보이는 얼굴이 더욱 어두워만 보인다.

"두 분 좀 쉬세요. 아기 오기 전에 쉬셔야죠. 피곤해 보이시는데 이따가 아기 오면 더 피곤해요."

동현 엄마가 생글생글 웃는 표정으로 말했지만 다시 살짝 웃어 주었을 뿐 말이 없다. 그냥 천천히 짐을 정리해두고는 어디론가 가버렸다.

아직 입원 수속 같은 것을 제대로 끝내지 못했나 보다. 그들은 멀리서 왔는지 큰 짐들이 꽤 되었다. 그리고 자잘한 물건들을 여러 개 챙겨 온 것으로 보아 오래 있어야 하는 환아인가 보다.

상혁이가 2인실로 옮겨 비어버린 침대에는 윤경이라는 귀여운 여자아이가 들어왔다. 말도 할 줄 알고 동현이를 보며 오빠, 오빠 하는 것으로 보아 한 3살 정도 되었나 보다. 역시나 동현이는 대꾸조차 하지 않았지만. 아직 숱도 별로 없는데 머리를 양 갈래로 묶어 색색의 리본을 달았다. 옷도 아기자기한 것을 입혀놔서 인형을 꾸며놓은 듯했다. 엄마가 극성인가 보다. 저 아기도 오늘 입원했는데 바로 수술이란다. 환자복을 갈아입자마자 바로 이동용 침대가 올라와서 다시 침대가 비어버렸다. 사람은 없고 짐들만 차지하고 있는 침대가 두 개나 된다. 오늘의 병실 분위기는 좀 썰렁한 것 같다.

"동현아 누나가 만화 틀어줄까?"

'끄덕.'

조용하고 어두운 병실에 티브이 소리만 요란하다. 할머니도 낮잠에 빠지셨는지 기척도 없으시고 다른 아기들과 부모들도 다 잠이 든 모양이었다. 낮이었지만 비 때문에 어두운지라 형광등을 켜두었는데 그 빛과 티브이 빛이 조잡하기 짝이 없다. 어지럽기만 해서 나도 잘 생각으로 눈을 감고 누웠다. 그때 병실 문 열리는 소리가 들렸다. 눈을 살짝 떠보았더니 아까 그 내외인 모양이었다. 그런데 아까와는 분위기가 새삼 달랐다. 아까는 피곤해서 축 처져 있었는데 무슨 일인지 얼굴색이 달라져서는 아무 말 없이 빠른 동작으로 짐을 챙긴다. 그러나 아까보다 더 어두운 표정이다.

"아기 병실 옮기나 보네요? 2인실로요?"

"아뇨…… 그런 것 아니에요."

동현 엄마의 물음에 중년 여자는 고개도 돌리지 않은 채 조그맣게 대답했다. 무슨 일일까 동현 엄마는 몹시도 궁금한 모양이었지만 더 이상 물어보면 별로 좋지 않을 것 같아 그만두었다. 순식간에 그들은 짐을 챙겨 나가버렸고 그와 동시에 아까 수술받으러 갔었던 은경이가 이동용 침대에 실려 들어왔다. 윤경이는 다른 환아들과는 달리 큰 산소통이 딸려 있었고 입에는 산소 호스를 꽂고 있는 상태였다.

"윤경이는 산소호흡기 꽂고 있네요? 그러면 중환자실에 있어야 하는 것 아닌가?"

"네, 며칠 더 있어야 한다는데 윤경이 옆의 아기가 상태가 나빠져서 의사 선생님들이 기계 가지고 왔다 갔다 하는 통에 윤경이가 놀랄까 봐요. 아무것도 모르는 아기라면 모를 텐데 말도 하고 다 하니까 그 아기 위험해지면 윤경이가 그것 보고 놀라서 정신 상태에 문제가 생길 수 있대요. 병실로 옮겨줄 테니 차라리 엄마가 돌보라고 하더라고요."

"저런, 힘들게 되었네요. 그래도 아기 놀라는 것보다는 낫겠죠."

"그건 그래요. 애도 엄마가 옆에 있으니까 더 안심이 되겠지요. 걱정은 되지만…… 여기도 간호사분들 다 계시니까 괜찮을 것 같아요."

"아 참, 아까 이 옆 침대에 오셨던 분들 아기가 중환자실에 있다고 하셨는데…… 그 위험하다는 아기가 그 아기인가?"

"그런 것 같더라고요. 아까 잠시 중환자실에서 뵀었는데……."

"그 아기는 어떻던가요? 보셨어요?"

"아뇨. 못 보게 막더라고요. 그래서 윤경이만 데리고 나왔어요."

못 보게 했다면 아주 심각한 모양인데…… 그런데 왜 짐을 싸 들고 나간 것일까? 뭐 나름대로 사정이 있겠지만 조금 걸리는 구석이 있었다. 아무튼 아기가 무사했으면 좋겠는데…….

엄마가 들어오셨다. 비가 많이 오는지 겉옷이 축축했다. 비 때문에 오시기 불편했을 텐데 또 학교 끝나자마자 부랴부랴 달려오신 모양이었다. 기분이 별로 좋지 않은 오늘이라 엄마를 보니 무척이나 반가웠다. 그런데 엄마는 오자마자 대뜸 이상한 소리를 하셨다.

"어떤 아기 중환자실에서 죽었다는데?"

그 말을 들으니 섬뜩하게 스치는 생각이 있었다. 아까…… 그 아기. 그럼 위험하다는 말은 그냥 둘러댄 말이고 실제로는…… 결국은…… 죽었단 말인가? 모두들 나와 같은 생각을 했는지 말이 없다. 하지만 이런 일이 한두 번은 아니겠지. 중환자실이면 정말 심각한 아이들이 많이 있다고 들었다. 만약 내가 그 아기의 얼굴을 한 번이라도 보았다면 이렇게 넘길 수 있었을지 의문이지만…… 아니. 봤다면 두려움에 미쳐버렸을지 모른다. 아무튼 그 아기를 못 본 것이 다행이라 생각하며 애써 생각을 지우려 했다.

저쪽에서 아주머니들이 수군거리는 것이 들렸다. 아마도 그 아기의 죽음에 대한 이야기인 듯했다. 엄마와 할머니께서도 궁금하셨는지 그리로 가셨다. 동현이 엄마는 자신이 가면 동현이를 돌봐줄 사람이 없었기 때문에 남았고 은경이 엄마는 임신 중인 몸이라 아기에게 해가 될까 염려하는 눈치였다. 솔직히 나도 궁금해서 가보고는 싶었지만 움직이면 아직 배가 많이 아팠기 때문에 가만히 있었다. 그런데 어떻게 된 일인지 수군거리는 소리 속에는 여자의 울음소리가 섞여 들려왔다. 울음소리는 점점 더 선명하게 내 귀를 자극했고 이윽고 정말 메디컬 드라마에서나 볼 수 있는 광경이 내 눈앞에 펼쳐졌다. 스무 명 남짓한 의사들이 전력으로 어딘가를 향해 달려가는 모습이 보였다. 그 흰 가운의 펄럭임 속에는 홍장미 선생님도 끼어 있었다. 그럼 또 무슨 일이 생긴 것이란 말인가? 외할머니와 엄마가 불안한 표정을 지으며 들어오셨다.

"저 앞 병실 학생이 위중한가벼. 중학생이라는디, 아까까지만 혀두 책두 읽고 이야기도 하고 멀쩡했었다는디……."

"안지야. 어서 자라. 얼른 자. 피곤해."

엄마는 나보고 자꾸 자라고만 하신다. 모르는 게 더 좋을 거란 생각에서 그러시나 보다. 하지만 잘 수가 없었다. 자꾸만 공포심이 생겨서이기도 했지만 그 학생의 엄마일 여자의 울음소리가 계속해서 들려왔기 때문이다. 그런데 어느 순간 그 울음소리가 딱 멈추어버렸다. 외할머니는 상황을 살피러 나가시고 엄마는 전철이 끊길까 봐 집에 가신다고 했다. 소름 끼치는 정적이 계속되었다. 난 이상한 것을 느꼈다. 이때쯤이면 원래 잠 못 이루는 아이들의 울음소리와 배고프다는 갓난아기들의 울음이 뒤섞여 난장판이 되었을 시간이다. 하지만 아기들은 약속이나 한 듯 아무 소리도 내지 않고 있었다. 정말 기가 막힐 노릇이었다. 신기하기보다 무서움이 더 커져왔다.

"그 학생 엄마가 기절했구먼. 의사 몇 명이 그 학생 살리려고 지금 가슴팍을 번갈아가며 누르고 있는데…… 쯧쯧. 그런다고 살아날까……."

외할머니의 말이 너무도 크게 나를 두렵게 했다. '그런다고 살아날까…….' 아니겠지. 여기는 중환자실도 아니고 그 학생은 그냥 입원 환자였다. 입원실에 있었던 시간도 꽤 되었다고 했다. 그러면 상태가 나쁘리는 없을 텐데…… 만약 그랬다면 손을 벌써 썼거나 중환자실로 옮겨졌겠지. 아닐 것이다. 설마…… 설마…….

정적……. 그 정적은 공포 그 자체였다. 시간이 계속 흐르는데도 쥐 죽은 듯이 고요한 아기들……. 그들이 뭔가를 알고 있는 것도 아닐 텐데, 그리고 우연의 일치라기엔 숫자가 너무 많은데. 다들 자고 있거나 깨어 있어도 시끄럽게 굴지 않았다. 오히려 어른들만이 불안함에 수군거릴 뿐이었다. 비는 여전히 추적추적 내리고 있다.

"의사들이 나오고 있어요."

창가 쪽 아기 엄마가 그쪽 병실을 보며 말했다. 조용한 것으로 보아 아무 일도 없는 듯해서 나는 다행스러웠다. 그러나 다음 순간, 그 아기 엄마의 말에 나는 경직되고 말았다.

"의사들이…… 울고 있어요…….."

그럼…… 결국……. 입원실이라면 그래도 살아나갈 수 있을 거라 생각했는데……. 저기 희끄무레하게 보이는 키 큰 의사는 홍장미 선생님인 듯했다. 자꾸만 의사들이 소매로 눈가를 훔치듯 하는 것을 볼 수 있었다. 설마……. 그래도……. 아냐, 혹시 기뻐서 우는 것이 아닐까? 아니, 땀을 닦는 것은…… 하지만 그 무엇도 아니었다.

동현이의 링거가 역류되어 잠시 간호사실에 갔었던 동현 엄마가 병실에 들어오며 말했다.

"간호사 한 명이 아래로 전화를 하더군요……. 영안실 내려갈 아이…… 있다고."

잠시 후 이동용 침대차가 저 앞 병실로 들어가는 것을 멀리서 볼 수 있었다. 창가 쪽 아기 엄마는 그것을 보더니 커튼을 닫아버렸다. 나도 도저히 그것을 볼 엄두가 나지 않았었기 때문에 고개를 돌렸다. 이제 조금 있으면 얼굴도 모르는 그 아이가 실려 나갈 것이다. 이런저런 생각들로 어지러웠던 머리는 돌에 맞은 듯이 멍해져버렸다. 공포와 두려움에 신경뿐만 아니라 감정까지 경직된 것 같았다. 자야겠다는 생각이 들었다. 그 아이가 실려 나가기 전에 잠들어야겠다는 생각. 만약 그 아이가 탄 침대 소리가 들리면 그 상상만으로도 충분히 미쳐버릴 것 같았기 때문이다…….

무서움에 떨고 있었는데도 나는 무슨 이유에선지 잠에 쉽게 빠졌다. 꿈. 새싹이 돋은 풀밭 위를 달린다. 엄마 아빠가 나란히 나의 양손을 잡았다. 동생들도 보인다. 다들 행복한 표정이다. 햇살은 밝게 비추고 날 또한 따사롭다. 즐거운 시간. 나는 뭐가 좋은지 깔깔대며 웃고 있다. 순간 회색 장막이 안개처럼 쳐지면서 그 화면을 지웠다. 내 눈앞에 펼쳐진 것은 지금 내가 누워 있는 병실이었다. 어떤 환자복을 입은 아이가 내 구부린 다리 쪽 침대의 남는 공간에 무릎을 꿇은 채 서 있다. 아이의 얼굴은 알아볼 수 없도록 칭칭 붕대가 감겨 있다. 아이는 뭐라고 소리를 지르며 환자용 베개를 집었다. 그리고는 두 팔로 그 베개를 들어 나의 얼굴을 사정없이 내리쳤다. 퍽 하고 베개의 푹신한 느낌과 함께 숨 막히는 느낌. 수…… 숨이…… 숨이 쉬어지질 않았다! 다급해져 어떻게든 숨을 쉬어보려 하는 나를 비웃듯이 아이는 다시 베개를 내리쳤다. 숨이 막힌다. 아니 숨을 쉬지 못하겠다. 외할머니가 생각이 났다. 간병인 침대에서 주무시고 계시는 외할머니를 부르려 했다. 하지만 숨을 못 쉬는 상태라 목소리가 잘 나올 리가 없었다. 간신히 나오는 목소리를 부여잡고 외할머니를 불렀다. 세 번을 불렀을까? 외할머니가 드디어 그 소리를 들으셨는지 일어나셨고 아이의 모습은 연기처럼 사라져버렸다. 탁 막혔던 숨이 다시 쉬어지고, 내 눈에는 눈물이 맺혔다.

"할매……."

"왜 그러누? 꿈꾼겨? 땀이 왜 이리 흠뻑이여."

외할머니의 얼굴을 바라보며 계속 눈물을 흘렸다. 그 아이…… 자기와는 다르게 잘 살아 있는 내가 미웠나 보다. 하염없이 눈물이 흘러내렸다. 미안해……. 미안해, 정말 미안해……. 나만 행복해서 미안해……. 그리고 그 행복을 이제야 깨달았어. 죽고 싶다는 말은 나에게 사치였다는 것을……. 네가 얼마나 살고 싶어 했는지를……. 너는 나에게 알려주었구나…….

창밖에는 여전히 그칠 줄 모르는 검은 비가 내리고 있었다. 두 명의 생명을 빼앗아 가버린 악마의 웃음 같은…… 그리고 내 눈물 같은.

· 15 ·
## 새로운 시작

몸이 상당히 많이 좋아지긴 했지만 나에겐 새로운 문제가 생겼다. 그동안은 수술 부위가 궁금해도 무서워서 만져보지를 못하고 있었는데 좀 나아졌다 싶어 살짝 만져보니…… 기계가 만져지는 것이었다! 튜브를 꽂고 있었을 때보다 훨씬 더 섬뜩했다. 나의 뱃가죽 아래로 딱딱한 것이 만져지는 그 느낌이란…… 정말 절망적이었다. 정말 만져봐야 그 느낌을 알 것이다. 설명할 수가 없다.

깜짝 놀란 나는 곧바로 화장실로 달려가 문을 잠가두고 거울을 향해 나의 배를 비추어보았다. 아직도 가스가 빠지지 않은 것인지 부기가 올라 있는 것인지 배는 여전히 부풀어 있었고, 그리고 딱딱한 기계의 촉감…… 옆으로 비추어보니 기계 넣은 자리가 약간 볼록하게 나와 있는 것을 볼 수 있었다. 나는 그 어느 때보다 더 속상했다. 전부터 이렇게 되리라 어느 정도 예상하고 있었기 때문에 상상이 현실로 맞아떨어지자 더욱 혼란이 생기는 것이었다.

울고 싶었다. 정말이지 울고 싶었다. 하지만 울음이 나오질 않았다. 하도 울어서 눈물샘이 말라버린 것인지, 아니면 너무 슬퍼서 우는 것조차 잊어버린 것인지 모르겠다. 혼란스럽고 당혹스럽다. 나는 이제 영원히 이렇게 기계를 만지며 느끼며 그렇게 살아가야 하겠지. 게다가 빌어먹을…… 그리고 또 한 가지 혼란. 가스가 아직도 안 빠진 걸까 부기가 남아 있는 것일까. 배가 아직도 많이 불러 있는 것이다. 다시 한번 말하지만 나는 '한창 민감할 나이'이다. 그것이 목숨만큼 중요하게 느껴질 수도 있다는 말이다.

울음이 나오질 않자 내 입에서 이상한 한숨 소리가 나도 모르게 흘러나온다. '아이 씨', '에이 씨', '아흐', '하아' 정말 가슴 깊은 곳에서부터 한숨을 끌어내었다. 그 뜨거운 것들은 가슴 밖으로 나오면서 목구멍을 살짝 태운다. 그러면 다시 목구멍의 한숨을 또 끌어내고…… 나의 입만이 절규하는 것은 아니었다. 내 손은 애꿎은 티슈만 뽑아내어 잡아 뜯고 다리로는 이불을 감았다, 꼬았다, 차버렸다, 안절부절못했다. 한참을 말없이 지켜보시던 외할머니께서 혀를 끌끌 차며 한마디 하신다.

"아니 수술도 잘 되었다던디 안지 니는 또 왜 그러는겨."

"할매, 이것 봐요. 기계가 만져지잖아요. 내가 이럴 줄 알았어요. 나 평생 이러고 살아야 하는 거잖아요."

"그게 뭐가 어뗘. 남들한테 안 보이면 그것으로 된 게지. 누가 네 배 보자고 한다던?"

사실 대답하고 싶은 말이 있었지만 대답할 수가 없었다. 나도 어리다, 어리다 하지만 알 건 다 아는걸. 만약 내가 결혼을 해서 애정행각을 하다가 남편이 내 배를 보게 된다면, 그리고 나처럼 기계를 만지게 된다면. 분명 그 남자는 기겁을 할 것이다. 나는 벌써 그런 장면까지 머릿속에 그려 넣고 있었다.

"그래도, 내가 만지면서 살아가야 하잖아요. 언제나 내 몸속에 기계가 있다는 것을 떠올리며 살아야 하잖아요."

"그거야 네가 생각을 안 하면 되는 게지. 네가 마음만 독하게 먹으면 상관이 없잖여."

"하지만, 하지만…… 그게 쉬운 것은 아니잖아요. 전 그럴 수가 없을 것 같단 말이에요."

"왜 그럴 수가 없어. 네 마음먹기에 달린 게지. 못난 소리 말여. 네 엄마 아빠 속상혀."

마음을 독하게 먹으라고? 말이 쉽지…… 나는 지금 너무도 크나큰 상실감에 다시 우울해지고 있었다. 어떤 자세를 취해도 기계는 만져지고, 약간만 움직여도 속에서 자리를 못 잡았는지 기계가 이쪽저쪽으로 쏠려 다닌다. 오른쪽으로 굽히면 오른쪽으로, 왼쪽으로 굽히면 왼쪽으로. 아예 장난하듯이 내 몸을 가지고 놀았다. 설마 계속 이런 상태로 평생 사는 건 아니겠지. 그래도 나는 우울하다. 우울해서 미치겠다. 간호사 언니가 혈압계와 체온계를 들고 들어왔다. 언니들은 환자의 표정만으로도 기분을 파악할 수 있나 보다. 그도 그럴 것이 그녀들은 계속해서 이 일에 종사하였고 노하우도 있을 테니까. 그녀 역시 내가 상심한 것을 알아차리고 생글거리며 묻는다.

"안지 무슨 일 있어? 왜 또 울상이야?"

"언니, 기계가 만져져요. 여기 봐요 이렇게 뽈록하잖아요."

"네가 살이 없어서 그런 거야. 살 좀 찌면 되겠네."

"살을 찌우라고요? 말도 안 돼요. 병실에 있으면서도 많이 쪘는데 더 찌우면 저 진짜…… 어휴."

"갈비뼈밖에 없네. 그러니까 어쩔 수 없잖아. 살찌우는 수밖에는."

"그런 게 어디 있어요. 그리고 몸 조금만 움직여도 자꾸 기계가 따라 움직여요. 계속 이런 거예요?"

"설마. 그러면 너 어떻게 사니? 염려 마. 지금은 아직 네 배 속에서 장기들과 자리를 못 잡아서 그런 거지 조금만 지나면 괜찮아질 거야. 그리고 네 배 부기도 금방 빠질 거라고."

언니가 아무리 그렇게 말해도 그 말이 내 귀에 쉽사리 들어올 리 없었다. 그냥 이 상태로 영원할 것 같았다. 아니 그것은 아니라도 몇 개월은 이러고 지내야 할 것 같아 성질 급한 나의 마음은 뒤죽박죽되어가고 있었다. 정말 마음 같아서는 뱃가죽 아래의 기계를 손으로 잡아 뽑아버리고 싶은 심정이었다. 그러나 그런 상상을 하고선 겁 많은 나는 또 잔인하다는 생각을 하며 몸서리를 쳤다. 괴로웠다. 정말이지 너무너무 괴롭다.

핸드폰이 울렸다. 그동안 귀찮아서 안 받거나 외할머니께 대신 받아달라고 했었는데. 속상한 마음에 멍하니 있다가 무심코 받아버렸다. 두환 오빠였다.

"어이. 난 너 죽은 줄 알았다구. 그동안 어떻게 된 거야?"

"몰라. 엄청 아팠었어. 죽도록. 미치도록."

답답한 마음에 그리고 원망스러운 마음에 거짓말을 했다. 그렇게라도 말해서 위로받고 싶었던 것인지, 아니면 나 아프니까 넌 잘 살아봐라 하고 욕을 하는 것인지 아무튼 속상한 마음에 그렇게 말해버렸다.

"어, 뭐야? 그럼 죽지 왜 살아 있냐. 하하. 농담이고, 나 내일 문병 가려고 그러는데."

"뭐야? 오지 마! 나 오늘 퇴원이야!"

"응? 무슨 똥딴지같은 소리야. 너 갑자기 퇴원이라니."

"몰라! 내가 해달라고 했어! 그래서 오늘 퇴원할 거야! 이따가!"

오지 마! 오지 말란 말이야! 아무도 필요 없어. 다들 밉다고……. 미울 뿐이라고……. 난 지금 배도 나와 있고 기계가 자꾸 쏠리는 바람에 잘 움직이지도 못했다. 게다가 병원 생활이 그렇듯이 환자복에 꾀죄죄한 몰골로 소위 '남자'를 맞이할 수는 없는 일이었다. 그 생각을 하니 괴로운 마음이 더욱 괴로워졌다. 제풀에 화가 나서 뭐라 뭐라 소리를 몇 번 질러대고는 끊어버렸다. 다른 때 같으면 두환 오빠의 전화가 반가웠을 텐데. 숨을 씩씩거리며 상기된 표정으로 눈을 치켜뜨고 있는 나는 누가 봐도 위태로웠다.

어떤 듬직하게 생긴 얼굴이 하얀 키 큰 청년 하나가 검은 가방을 메고 들어왔다. 누가 짜장면 배달시켰나? 여기는 병원이라 음식을 배달시키면 들키지 않기 위해서 검은 007 가방에 음식을 담아온다. 아니면 누군가의 문병을 왔겠지……. 청년은 살짝 쌍꺼풀진 눈으로 수줍게 두리번거리더니 이윽고 가방에서 무언가를 꺼낸다. 그 무언가는 다름 아닌 색색의 풍선이었다. 여전히 부끄러운 모습으로 그 풍선을 몇 번 만지작거리더니 이윽고 어떤 환아에게 다가갔다.

"어…… 안녕? 형아가…… 이거…… 줄까?"

더듬거리며 말하는 것이 어딘지 모르게 순박해 보였다. 약간 쌍꺼풀진 눈은 하얀 얼굴과 더불어 매우 순수해 보였다. 꼭 겁 많은 사슴 같았다. 재빠른 손으로 풍선을 이리 꼬고 저리 꼬고 불고 하더니 예쁜 오리를 만들어 아이의 목에 걸어주었다. 아이는 마음에 들었는지 방실방실 웃는다. 청년은 그 모습을 보고는 쑥스러웠는지 땀도 나지 않은 이마를 연신 닦아낸다. 청년은 차례차례로 환아들에게 풍선을 만들어주고 웃어주고 하더니 이윽고 내 침대까지 왔다.

"어…… 저기…… 몇 살이세요?"

어린이병원에 이렇게 큰 내가 있는 것이 이상했나 보다. 별로 말하고 싶은 기분은 아니었지만 대답을 안 해주면 저 순진한 얼굴이 어찌 변할까 싶었다.

"열일곱인데요."

"아…… 그런데 왜…… 여기에 있어요?"

"……."

이번엔 대답하기 귀찮았다. 그는 조심스럽게 묻긴 했지만 이것저것 설명할 기분은 아니었다. 소아병동에서 아는 선생님 소개로 진찰을 받다가 갑자기 나빠져서 입원하는 바람에 내과로 수속을 밟지 못했어요…… 하고 말하면 되지만. 모르는 사람한테 그리 속속들이 이야기할 필요가 없을 것 같았다. 내가 대답을 안 하니 예상대로 그는 매우 멋쩍어했다. 주머니에 손을 넣고 풍선을 매만지며 어리숙하게 서 있다가 분위기를 정화라도 하려는 듯,

"저어…… 이 풍선 드릴까요?"

"아뇨. 됐어요."

"많이…… 아프신가 봐요?"

"……."

"이 병원, 그쪽한테만 특별대우하나 봐요. 저는 내과에 있었거든요. 하하…… 하……."

"아뇨. 전 내과로 가고 싶어요."

나의 쌀쌀맞은 태도에 매우 당황하는 눈치다. 내가 좀 심했나? 착한 사람 같은데…… 무슨 연유로 이런 일을 시작했는지는 몰라도 참 좋아 보였다. 청년은 머뭇거리며 가지도 않고 계속 나를 바라보고만 있다. 그러다 무슨 생각인지 갑자기 자세를 단정히 하고 내 앞에 정면으로 섰다.

"저어…… 그쪽이 왜 그렇게 힘들어하는지는 잘 모르겠지만…… 저도 대수술을 다섯 번이나 했어요. 그러니까……."

"……."

"저는…… 어릴 때부터 뇌에 종양이 생겼었어요. 계속 생겨서…… 약도 많이 먹었고…… 수술도 많이 했고…… 그리고…… 저어…… 나도 이렇게 웃고 있는데요…….”

"알았어요. 무슨 말을 하고 싶은 건지."

"…….”

"미안해요. 힘들어서 그랬어요. 모르겠어요. 너무 혼란스러워요…….”

이젠 안 울어야지 안 울어야지 했는데 또 눈물이 나온다. 그 사람은 아까보다 많이 침착해진 표정으로 내 곁에 살며시 다가와 어깨를 토닥거려주었다.

"울어요……. 울고 싶으면 울어야죠……. 하지만요……. 나중엔 이때를 기억하며 웃을걸요……. 별것 아니었는데…… 하고요.”

휴지 몇 장을 건네주면서 풍선을 꺼낸다. 내가 가장 좋아하는 빨간색 풍선. 손이 이리저리 꼬였다, 풀렸다, 왔다 갔다 하더니 예쁜 꽃목걸이를 만들어 내 목에 걸어주고는 방긋 웃는다. 갑자기 내 볼이 화끈하는 게 빨개지려는 것 같다. 나도 모르게 빨개진 얼굴을 들키는 것이 부끄럽다는 생각이 들어 고개를 숙여버렸다.

"저어…… 내일 또 들러도 될까요? 기분 괜찮아지면…… 이야기 좀…… 나누고 싶어서요.”

"마, 마음대로 하세요."

이번엔 내가 도리어 말을 더듬게 되었다. 저 사람 혹시 나한테 관심 있는 건가? 내일 또 온다고? 그의 뒷모습이 보인다. 내 목에 걸린 빨강 풍선도 보인다. 투명한 풍선 속에 그의 입김이…… 보인다. 뭐야 내가 지금 뭐 하는 거지. 병원 와서 처음으로 기분이 가볍다. 아니 묘하다. 내일은 재미있는 날이 될 것 같다?